新潮文庫

もうひとつの「流転の海」

宮本　輝著
堀井憲一郎編

新潮社版

11521

目次

もうひとつの「流転の海」

力

少年の漕ぐ自転車が、枯葉を巻きあげて、噴水の向こうに消えていった。西陽は雲にさえぎられて公園を暗くさせ、ベンチに坐っていた人々の腰をあげさせた。私も、そろそろ帰ろうと思った。夕暮が失意のひとつの象徴のように公園を侵蝕し始めている気がして、ここちよい筈の秋の風も不快な寒気をもたらしてきた。腰をあげようとしたとき、隣に坐っていた老人が、

「お仕事、大変ですな」

と言った。老人はまだ秋だというのに、毛糸の手袋をはめていた。ステッキを持ち、ズック靴を履いていた。猫背で、そのうえ着ている濃い灰色のジャンパーはかなり年代物らしく、袖口がほころびていたから、私は、ああ、夕暮の公園には、いつもこんな貧しそうな老人が、何人か坐っていると思い、なるべく目が合わないよう、わざと背を向ける格好で坐っていたのだった。だが、突然話しかけられると、知らぬふりをして立ち去ってしまうわけにもいかず、

「……そうですねェ」

と答え、老人のほうを振り返った。けれども、話相手をさせられるのは迷惑だったから、老人の目を見ず、ステッキに視線を落とした。ステッキの柄の部分には金の飾り具が巻かれ、象牙細工も施されていて、それがかなりの上物であることを示していた。私は改めて、老人の着ているものに視線を走らせた。使い込んで、それぞれ傷んではいるものの、ジャンパーも手袋もズボンも、みな安物ではなかった。

「お日さんが落ちてのうても、雲に隠れると、どういうわけかみんな公園から出て行きます。春でも夏でもねェ。不思議ですなァ」

老人がそう言った途端、また西陽がさした。枯葉もベンチも、老人のズック靴も茜色になった。私もまた茜色に染まっているのであろう。

「元気が失くなったときはねェ、自分の子供のときのことを思い出してみるんですよ。これが、元気を取り戻すこつですなァ」

「元気がないように見えますか？」

老人は私の問いに、ただ笑顔で応じただけで、あとは何も言わず、ゆっくりと立ちあがり、小さく頭を下げ、一歩一歩枯葉の道を踏みしめるようにして遠ざかって行った。確かに、私はその日一日、元気がなかった。そうでなければ、休日でもないのに、夕暮の公園のベンチで時を過ごしたりはしない。私を萎えさせているものはたくさんあった。寝不足、決まりかけていた商談の決裂、妻の流産、三歳の長女が、隣人の買ったばかりの新車に釘で無数の線を刻んでしまったことに対する弁償金の捻出。しかし、それらはたまたまいちどきに重なり合っただけで、人生にはよくある些細な不運に過ぎず、どれも解決のつかない事件ではなかった。それなのに、私はひどく気落ちしていた。人生に敗れたことをはっきり自覚した人みたいに、もしくは、意志とは裏腹に、ある悪魔的な力に操られて犯罪を犯してしまった人のように、深い失意に包まれ、会社を出ると予定していた得意先には足を運ばず、喫茶店で時間をつぶし、とぼとぼ路地を歩きまわり、いつしかこの公園にやって来たのだった。

殆ど人のいなくなった公園のベンチに再び腰を降ろし、煙草を吸った。あと二十分くらいは、陽がさしているだろうと考えた。もうその姿を、噴水の向こうのポプラ並木の奥に消してしまった老人に、私は憎悪の感情を抱いた。彼は、元気のない人間をみつけるために、公園のあちこちを散策し、悪意に満ちた視線を配ることを日課にしているのに違いないと思ったのだった。そして獲物がみつかると近づいて行き、ますます生命力を喪わせる方法をそっと耳打ちするのだ。——子供の頃の自分を思い出しなさい、と。無垢であった時代、未来に幸福しか想い描かなかった時代、雨も雷も、耐え難(がた)い暑さや寒さも、己れを庇護(ひご)してくれる者のふところにもぐり込める格好の材料であった時代。そんな時代の自分を思い起こすことが何になろう。そんな時代に還(かえ)れる筈はなく、郷愁は失意におもしを乗せるだけではないか。そう思いながらも、私の心の中には、やがてぼんやりと、自分の幼かった頃のことが浮かび出て来た。けれども、それはどうしても鮮明な映像にはならなかった。どれもこれも、靄(もや)の彼方(かなた)の浮遊物のように、気味悪く揺れるだけである。子供の頃の思い出といっても数限りなく、しかも私は自分が幼いときどんな顔をしていたのか思い出せなかったし、どんな夢想にひたっていたのかさえ思い起こすことは出来ないのである。私は吸いたくもないのに煙草に火をつけ、噴水の水しぶきに目をやった。鎖をつけた犬に散歩させられている少年が、停(と)まろうとして足をふんばった。犬の足が砂利の上で空廻(からまわ)りした。犬は、ぜえぜえと喉(のど)を鳴らし、なおも前に進もうとした。少年は結局根負けして、前かがみになり、犬にひきずられて行った。一瞬、誰(だれ)もいなくなった噴水の前に、ランドセルを背負ってひょこひょこ歩いて行く小学校一年生の私のうしろ姿が見えた。見えたというより、あえて私がそこに置いたのかも知れない。私は七歳の私を茜色の宇宙にぽつねんとたたずませて見つめた。

入学式の日は勿論母に手を引かれて私は校門をくぐった。だが翌日も、私は母と一緒に学校へ行った。帰りはまた母が迎えに来てくれた。私たち一家は大阪市北区の最西端に住んでいた。近所の子供たちは歩いて十五分のところにある小学校に通っていた。それなのに、私がバス通学をしなければならぬ曾根崎小学校に入学させられたのは父の意向によってであった。その歓楽街のど真ん中に位置する小学校は、北区では最も程度が高く、有数の進学校である高校に入れるルートの、最初の出発点だったのである。しかし私は幼い頃からよく迷い子になって、両親を慌てふためかせたことが幾度となくあったので、はたして無事にひとりでバス通学が出来るだろうかというのが、父や母の一番の心配点だった。

「バスに乗ってる間は、問題はないやろ。とにかく終点で降りたらええんやから」

入学式を数日後にひかえた夜、うつらうつらしている私の耳に、酔った父の声が襖越しに聞こえた。

「とにかく、あっちへふらふら、こっちへふらふら行きよるやつやさかい、停留所を降りてからが問題やな。一週間ほど、お前が行き帰り一緒に付いてやれ。なんぼあいつでも覚えよるやろ」

「そうやなァ。一週間も送り迎えしてやったら、なんとか迷わんと、ひとりで行き帰りが出来るようになるやろけど、とにかく曾根崎新地の中やさかい、あっちこっち路地がおまっしゃろ？　まっすぐ行くとこを右へ曲がったりせえへんやろか。やりかねん子ォでっさかいなァ」

「あいつは、なんで右へ行くとこを左へ行ってしまいよるんや。あれは何かの病気やで。何を考えとるんやろ」

「あんたがおんば日傘で育ててしもたからですがな。そやから、あんな貧乏人のぼんぼんが出来たんや」

　貧乏人という言葉が父の癇（かん）にさわったようだった。

「人生、どうなって行くか判（わか）るかい。いまはこんなとこでくすぶってるけど、わしは女房（にょうぼう）と子供にひもじい思いはさせてない。お前の言う貧乏人とは何や。えっ、貧乏人とは何やねん」

　父の声が荒だった。私は父がまた母を殴らないだろうかと不安になった。母も、しまったと思ったらしく、

「まさか、うちの子を、金持のぼんぼんとは言えまへんがな」

　そう小声でとりつくろった。

「ほう、そしたら、金持とは何やねん。お前、上等の着物を着て、大きな家に住んど

ったら、それを金持やと言うんか。貝塚の嫁はんがうらやましいんやろ」

「もうその話はやめまひょうな。何遍言うたら気が済みますねん」

貝塚とは父の商売仲間で、その男の裏切りが、父の商いをつぶす直接の原因となった。私は両親の毎夜のいさかいが、必ずその貝塚という男の名によって始まることを知っていたので、蒲団から出ると襖をあけ、

「お父ちゃん、お母ちゃんを殴らんといてや」

と哀願するように言った。しかし父は私を一瞥しただけで、さらに語気荒くつづけた。

「貝塚の嫁はんがうらやましいんか。あの狐みたい顔を見てみィ。おしろいつけて紅つけて、おそその横に垢つけてっちゅうのは、あんな女のことを言うんや」

「そんな言葉、子供の前で言わんとって」

母は顔をしかめて立ちあがり、私を蒲団に寝かしつけると囁いた。

「早よ、寝なはれ。早寝早起きの癖をつけとかんと、小学校に行くようになったら困るやろ」

「お父ちゃんと、ケンカせんとってや」

うんうんと頷いて、母は襖を閉めて隣の部屋に戻って行った。

「バスは大阪駅の向かい側で停まりますわなァ。阪神百貨店のちょうど前や。そしたらそのまま御堂筋（みどうすじ）の信号を渡って、曾根崎警察の横の道をまっすぐ行ったら、校門の前に出るんやさかい、なんぼあの子でも、三日も付いて行ってやったら覚えますやろ」

母は怪しくなって来た雲行きを変えようとして、話を元に戻した。

「そのまっすぐが、まっすぐ行きよらんから困るんや」

「けったいな子ォやわ」

父が笑った。私はほっとして、そのまま眠りに落ちたのであった。

母は入学式の日と、その翌日だけ付いて来てくれた。そして噛（か）んで含めるように、きょろきょろしている私の頭を叩（たた）き、これが阪神百貨店、信号が青になるまで待ってから、この道を渡る。そう言って、言葉どおりに行動した。

「さあ、渡ったで。この茶色い建物が警察や」

母は私の手を引き、歩道を南へ十メートルほど行って立ち停まり、細い路地を指差した。

「ひとつめの路地やで。ここを曲がるんや。左へ曲がる。左やで。右と違う。右へ曲がったら車に轢（ひ）かれるで」

「そんなこと判ってる」

「判ってても、曲がる子なんや、あんたは」

　そして、路地に入って行った。登校時だったので、私と同じ新入生であることを示す真新しい帽子とランドセルの生徒や、上級生たちが私たちを追い越して行った。

「この道をとにかくまっすぐ行くんやで」

と母は強い口調で言った。右側には、バーや小料理屋やパチンコ屋などへつづく路地があった。母は断じてそれらの路地に足を踏み入れてはいけないと命じた。そこに入り込んだら、怖いおじさんがたくさんいて、私をどこか遠くへ連れて行き、もう二度と家に帰って来ることは出来ないのだと脅した。

　あくる日、授業が終わって校門を出て来ると、いったん帰宅し、再びバスに乗って私を迎えに来た母が心配顔で立っていた。朝と同じ調子で帰り道を教え、阪神百貨店の前まで行き、

「ここは降りたとこ。ここでバスを待っててもあかんのや。ほれ、もうちょっと向こうに五十二番と書いた停留所があるやろ？　あそこから乗って、車掌さんに定期を見せて、ぼくはここで降りるから、着いたら教えて下さいて言うんや。言えるやろ？言うてみなはれ」

私はランドセルの金具にしっかりとゆわえつけられて中にしまい込んである定期券入れを出し、母に言われたとおりの言葉を繰り返した。

その翌日、私はいよいよひとりで学校へ行くこととなった。きのうも、おとといも同じバスに乗っていた女の人が停留所に立っていた。バスが、橋を渡ってやって来た。私は満員のバスに乗り、おとなたちの足元を縫って運転席の近くに行った。少しも怖くはなかった。私はランドセルから定期券入れを出し、これがあれば、お金がなくても一日に何度もこのバスで行ったり来たり出来るのだと思った。私は定期券の数字や、読めない漢字に見入ったり、運転手のハンドルさばきを覗（のぞ）き込んだり、外の景色を眺（なが）めたりした。父が丈夫な釣糸（つりいと）三本で編んだ、定期券入れとランドセルの金具とを結びつけている長い紐（ひも）を持ち、私は定期券入れを力一杯振り廻した。それは、座席に坐っていたお爺（じい）さんの手に当たった。

「こら！」

老人は手の甲を押さえて私を叱（しか）りつけ、

「そんなもん振り廻したら、危ないやないか」

と怒鳴った。びっくりして、私は老人に背を向けた。バスは梅田新道を左折し、御堂筋を大阪駅前へと走った。

「大きな帽子やなァ」

さっきの老人が笑顔で私の帽子にさわった。

「もっと小さいのん、なかったんかいな」

一番小さい帽子の中に新聞紙を詰めても、それはまだ私の眉(まゆ)の下まで落ちてくるのである。

「これが一番ちっちゃかったんや」

そう私が言うと、まわりの何人かのおとなが笑った。私は恥しさで下を向いた。すると、帽子がずれて目も隠れてしまった。それでまたおとなたちは笑った。若い勤め人ふうの男が、私の頭から帽子を取り、手に持っていた新聞紙を折って丸い輪を作ると、汗取りの内側に巻きつけてくれた。すでに父が帽子に同じ細工をしてあったので、男の巻いた新聞紙は汗取りの内側からかなりはみ出したが、おかげで帽子は私の額で止まって落ちてこなかった。私は大声で、

「ありがとう」

と言った。

「顔がちっちゃいんやなァ。松茸(まつたけ)の傘(かさ)みたいになってもたがな」

こんどは、さっきよりもっと多くの人が私を見て笑い声をあげた。私は、瘦(や)せっぽ

ちだと言われるのと、顔が小さいと言われるのが嫌いだった。

「一年三組には、ぼくよりもっとちっちゃい子が三人もいてるでェ」

私は相当むきになって言ったのであろう。運転手までが振り返って笑った。

バスから降りると、私は春の朝日に満ちた歩道で立ち停まり、定期券入れをランドセルにしまった。片手を背に廻してそのまま突っ込めばいいのに、私はわざわざランドセルを肩から外して道に置き、底の方にしまった。私は不器用で、他の子供が難なくこなせることでも、かなり時間を必要とした。ボタンをかけるのも、食事を済ませるのも、靴下をはくのも。私はランドセルを背負ったが、どうも具合が悪い。服のすそが金具にひっかかってめくれ、袖も肘までずりあがって、幾ら引っ張っても直らない。私はまたランドセルを降ろし、道に置いた。そして歩道に坐った。ランドセルと自分の背を同じ高さにして、やっとちゃんと背負うことが出来た。だが、そのために十分近くも時間を費してしまった。私は御堂筋に向かって歩きかけた。ビルと車と人々の群れが私をたじろがせた。きのうもおとといも、母が傍にいることで、それらは物珍しく楽しい風景でしかなかったのに、ひとりになると一変して、なにかしら冷やかな化け物みたいに見えてきたのだった。ひととき、私は立ちすくんでいた。鉢巻をして地下足袋を履いた男が私の体をかすめて追い越して行った。男は脇の下にアルミの弁当箱を挟んでいたが、何かにつまずいてよろめき、弁当箱を落としてしまった。歩道に、飯の固まりと数匹のメザシ、それに梅干がひとつちらばった。弁当箱の蓋は一本の輪ゴムだけで閉じられてあったらしく、落ちた際、輪ゴムが切れて中味が散乱したのである。男は汚れた飯を拾い、メザシと梅干を集めて地べたを這った。そして弁当箱につめ込み、信号を走り渡って行った。男が渡り切ると同時に、信号は赤に変わった。私は、男が拾い残した飯粒を見ていた。それをあきらめて立ち去る際の、男の哀しそうな顔が私をさらに心細くさせていた。右側に、阪神百貨店のショーウィンドウが見えた。ガラスの中で何人かの男がマネキンに服を着せていた。私はショーウインドウの前に走って行き、男たちの作業を見物した。信号が青になったので私は御堂筋を横切り、曾根崎警察署の前を右に曲がった。大きな竹籠を背負った垢だらけの老人が、道に落ちた煙草の吸い殻を拾い集めていた。長い棒にはペン先がくくりつけられていて、老人は右に歩き、左に寄って、吸い殻を突き差した。私が老人をよけようとして右に寄ると彼も右に寄って来る。左に寄ると、同じように左に寄ってくるのである。私は何とかして老人を追い越そうとし、彼が警察署の壁ぎわに寄った瞬間、全速力でその横を駈け抜けた。母に教えられた路地はどこまで行ってもなかった。私はもく拾いの老人を追い越すとき、曲がるべき路地の前を通りすごしてしまったのだった。私はうしろを振り返ったまま、もく拾いの老人が通り過ぎるのを待った。老人はだんだん私に近づいて来た。私は銀杏（いちょう）並木の一本に凭（もた）れ、老人から身を隠すようにした。老人は私の足元に落ちていた吸い殻を突き差し、私を見た。まばたきもせず見つめ、私を指差した。そして突然大声で言った。

「こら、お前、なんでいままで、わしに手紙のひとつも出さなんだんや」

私は銀杏の木のうしろに廻り、警察署の前まで逃げた。もしそのとき同じ学校の生徒らしい一群が信号を渡ってこなかったら、おそらく私はそのまま西も東も判らなくなって、どこへ行ってしまったか知れたものではない。私は上級生らしい小学生たちのあとに付いて行った。警察署の横の路地を曲がると、見覚えのある質屋の黒い暖簾（のれん）が見えた。その路地だけ暗く、私には一度踏み込んだら最後、二度とあと戻り出来ない道に見えた。でも上級生はどんどん進んで行くので、私はよるべなく付いて行った。その軒先に上半身裸の男が倒れていた。

「わあ、死んでる、死んでる」

上級生のひとりが、面白（おもしろ）そうにはやしたてた。男は酒臭い息をはずませて起きあがり、

「なにィ！　いま、死んでるて言いやがったんはどいつや」

と叫んだ。上級生たちは物慣れた身のこなしで男の傍をすり抜けた。私も遅れじと走った。

「毎日、ここで死んでるやんけェ」

さっきの少年が男に赤んべえをして、そう言った。男はふらつく足で追ってこようとしたが、尻もちをついて、そのまま路上に横たわった。

「死ね、死ね。死んでまえ」

別の誰かが言った。男は横たわったままもがいていた。上級生のひとりが、

「お前も言うたれ」

と私に命じた。

「死ね、死ね。死んでまえ」

私が言い終わらないうちに、上級生たちは喚声をあげて校門への路地を我先に駆けだした。私は慌ててあとを追った。そして校門をくぐり、一階の端にある自分の教室に息せき切って入って行った。

いまは年老いてしまった母が、貧乏生活のまま生を終えた父の思い出を語るとき、そこには愛情と憎悪が交錯している。憎悪の原因は、殆どが父の酒癖の悪さと、生活

苦の中で、自分に内緒で女を囲っていたという事実に由来しているのである。だが、母の、父に対する深い愛情のひとつは、いかに一人息子の私を可愛がったかという、その可愛がり方の大きさによってであった。母は別段隠していたわけではなく、忘れていたのだと前置きして語った。

「あの日、お父ちゃんが、私にそっと言うたんや。あいつのあとを尾けて行けって。バスが着いたとき、私は家から停留所まで走って、一番あとからバスに乗ったんやで。定期券入れは振り廻すし、バスから降りたら何やら急に地べたに坐り込んでランドセルを背負い直すし、遅刻するかも知れんいうのに、弁当箱を落とした人をいつまでも見てるし、いっそ出て行って、学校へ連れて行こうかと思たけど、よっぽどのことがない限り、尾けてることはばれんようにせェって言われてたさかい、うしろのほうでやきもきしながら隠れてたんや。やっと歩きだしたと思たら、デパートのショーウィンドウをひょこひょこ見に行くし、信号を無事に渡ったと思てひと安心したら、もく拾いのお爺さんを追い越してとんでもないほうに走って行くんや。もく拾いのお爺さんに、わけの判らんこと言われて、鉄砲玉みたいにあと戻りしたとき、私はもうたまりかねて声をかけたんやで。そやのに気がつかへん。路地で、ぐでんぐでんの男に『死ね、死ね。死んでまえ』っちゅうて叫んだときは、お母ちゃん、足ががたがた震えたわ」

母は話の最後にこう言って微笑(ほほえ)みつつ涙ぐんだのであった。

「あんたが、校門に入ったのを見届けて家に帰ってから、一部始終をお父ちゃんに話して聞かせたんや。お父ちゃんはお腹(なか)かかえて笑いはった。お父ちゃんがあんなにおかしそうに笑いはったのは、商売がつぶれてから、あとにも先にも、あのときぐらいのもんやったやろ。よかった、よかった。あの頼りないやつでも、これでひとりで生きていけるめどがついた。そない言うて、お前が帰って来るのをいまかいまかと待ってはったんや」

私は噴水を見た。私の姿は消えていた。また、あるとき、浮かび出して歩きだすかも知れない。けれどもこれは、つい一年ほど前母から聞いた話をもとに、私がある夜、感傷と陶酔の入り混った心で創(つく)りあげた想像の産物なのである。私の幼いうしろ姿は、私という人間の中の路地に帰って行ったのだろう。

寝台車

「銀河」には殆ど乗客はなかった。私は、書類やパンフレットや着換えなどがぎっしり詰まっている鞄を、一旦自分の席に置くと、刺すような冷気のたなびいている夜更けのプラットホームに出た。

反対側のホームには、やはりどこか遠くへ行こうとしている同じような寝台車が停まっていて、小太りの女が両腕に荷物をかかえ込んで走り乗るところであった。夜の十一時というのに、巨大な駅では、まだあらゆるものが沈滞せず、音や匂いや人影は寒風に巻き込まれて明滅し反響している。改札口への階段のところで、男がひとり泥酔して座りこみ、その横を、階段を昇って来た三人の幼児が手をつないで走り抜けた。乳呑み児を背負った母親らしい女が、どこまでも駆けて行きかねない兄妹たちを叱りつけながら、酔っぱらいの傍らを、恐る恐る通り抜けて行く。駅弁だけを売る、小さな売店の売り子の白い作業衣が、プラットホームの一隅で灰色に沈んでいるのだった。薄明りが、それらの光景を逆にいっそう鮮明にさせていて、私は週刊誌を二冊と、ウイスキーのポケット壜を買い、そのままぼんやり、黯い喧噪の拡がりを見ていた。

取引先との打ち合わせは、明朝の十時からであった。朝一番の新幹線に乗れば何とか間に合うのだが、私は少し低血圧ぎみで、朝の早いのは苦手だった。それで今日中に東京に着き、そのまま都内で一泊する予定だったのだが、こちらでの内部間の打ち合わせがまごついて、結局、最終の新幹線にも乗れなかったのである。寝台車を利用するのは、もう十数年前、高校生のときに修学旅行で九州へ行ったとき以来だった。東京へ出張するときは、つねに新幹線を利用していたので、私は、東海道を一晩かかって走り抜けていく寝台車の存在をうっかり忘れていたが、会議が終り、これから行きつけの飲み屋へ繰り込もうとしている同僚のひとりが、冗談めかしに東京行の「銀河」の存在を教えてくれたのである。仕事のスケジュール上、その夜行に乗るのが一番具合良さそうだったし、久しく味わっていない旅情のようなものに接してみたいという、かすかな衝動も働いて、私は急いで家に帰ると、そそくさと出張の準備をして出て来たのだった。

発車のベルが鳴り、ホームを駆けて来た学生風の一群とともに、私は列車に乗った。私の寝台は車輛の端で、にぎやかな若者たちの場所から離れていた。濃い緑色のカーテンをあけ、私は背広をハンガーに吊るして、うつぶせに寝転んだ。しばらくそうやってじっとしていた。三段ベッドの真ん中と一番上は、空であった。隣りのベッドの上中下ともに、誰も乗っていなかったので、私は閑散とした車輌の中で、とりわけ静かな一角を得たことになる。

列車はゆっくり走っていた。新幹線に乗り慣れた私は、夜行列車の緩慢な響きと、かすかな人声によってさらに強められている独特な静寂で感傷的になり、淀川の鉄橋を渡って行く轟音すら心地良く感じられていた。

列車の到着予定時間を伝える車内放送が聞こえた。真夜中に、豊橋、浜松、静岡、富士、沼津などに停まって、東京には朝の九時三十六分に着く。取引き先の会社は、東京駅のすぐ近くで、八重洲口から歩いて五、六分のところにあったから、十時からの会議には充分間に合う筈である。

随分長い間かかって射とめた契約であった。私の会社は、ブルドーザーや、その他工事用機械を製造するメーカーであった。直接の販売は大手商社が取りしきっていたが、五年程前に、マージンやその他幾つかの面でトラブルが起こり、委託代理店を、中堅の商社に変えなければならぬ事態となった。当然、大手の商社と比較すると、販売能力も、そのための政治力も劣っていたから、機械を必要とする建設会社も二流、三流のものへと移行してきた。危機感を抱いた会社首脳からは、社内で直接に販売できる体制を作ろうとする働きかけがなされ、いわばそれまで一介の機械屋にすぎなかった私が、入社以後八年間一度も経験したことのない営業の分野に駆り出されたのである。私は、自分のことを、図面を相手に数字や線をいじくっている仕事に適した人間だと思っていた。

ある商社から、営業の凄腕(すごうで)として声価の高い甲谷という男がスカウトされ、私の直接の上司として配属されたが、世渡り上手の、目から鼻へ抜ける狡猾(こうかつ)な才覚だけに富む輩(やから)で、いわば大樹の陰でのみ、その能力を発揮できるタイプだと、私には思えた。彼との数えきれないほどのいさかい、いっこうに伸びない売上げなどに悩みながら、私はひたすら機械を売ろうと努力してきたのである。それらは、私や私の仲間が、何年もかかって改良し低コスト化し、造りあげてきた優秀な工事用機械であった。私は、自分たちの造ったものに、自信を持っていた。

業界の不振の中で、独特の工法と経営方針によって成長し、二部上場にまで上がって来た建設会社があった。他の既成大手会社の、商社とのつながりは深く、製品の優秀さだけではどうにもならない現状だったから、私はその新興の業者であるS社への売り込みに、自分というもののすべてをぶち当ててみようと思った。仲を取り持ってくれる力あるコネクションもなかったので、いわば名刺一枚とパンフレットだけを使っての飛び込み訪問から始めなければならなかった。いろんなことがあった。何日も会社訪問を繰り返し、いつのまにか係りの人間とのつながりが展け、私という人間の信用を積み、やっとまともな商談の出来る状態になったのが、二年前であった。そして糸口が見つかると、そこからの手腕は、私よりも甲谷のほうがはるかに優っていた。接待時における話題や、そのあとの少々強引なまでの売り込み、そのための事前の裏取引き、あくの強い、私などがどう試みても真似の出来ない、一種の豪宕さともいえるものを発散させて、甲谷はS社の中にいつの間にか深くもぐり込んでいった。甲谷がセールスにおける手腕を発揮しはじめると、私のエンジニアとしての知識が、それを巧みに補佐する形となり、二人は決して相容れないものを保ちながら、格好の相棒としてS社攻略に奔走してきたのである。そのS社が、大型ブルドーザーの一括購入を我社指定と内定したのは、二日前であった。最終的な値引きの問題や、支払い方法など、若干の課題は残していたが、多くのライバルを退けて、私たちの勝利は間違いないものになった。明朝、私はその最後の課題を片づけるための、S社との商談にのぞむのだった。社内での打ち合わせが終り、私の出張費を経理から引き出す伝票に判を押すために、甲谷はがっしりした短軀をせかせかと運んだ。そうしながら、彼は何気ない口調でこう言った。

「俺もお前も、これで結局半人前同士やったということっちゃ。俺の得意技と、お前の得意技を、ちゃんと二つとも兼ね備えてる奴が、この世には、わんさかおるやろで」

そうして、半ば自嘲ぎみに、にやりと笑い、もう他の社員はすべて帰ってしまい、部長だけが金庫の傍らで座っている経理部の中に入って行った。

「俺は、あしたゴルフや」

あえてさりげない調子で呟きながら、甲谷は私に金の入っている封筒を手渡した。その、脂の浮いたぶあつい皮膚に包まれた、見ようによっては涙ぐんでいるようにも映る甲谷の瞳を睨み返したとき、私は不意に激しい空しさを感じた。私はかつて、それ以上の充実感を味わったことはなかったし、またそれ以上の空しさを感じたこともなかった。その二つの相反するものは、あわただしい準備を終えて、ひとり大阪駅へ向かう私の心に重く拡がっていった。自分にとっては、まさに手に負えないほどの大仕事を成就させたというのに、私はどうしようもない寂寞感に包まれていた。その心の底には、大詰めの決着にのぞむ、押さえようのない興奮もひそんでいるのである。

私はネクタイを外し、あおむけになると、寝台車の狭いベッドの中で思い切り背伸びをしてみた。幾つかの入り組んだポイントを渡っていく振動がつづき、列車は京都駅に入った。そこでも乗客は少なかったが、私の向かい側の席に、ひとりの小ぎれいな老人が乗り込んで来た。固そうな銀髪をきちんと分け、濃い茶色の背広を品良く着こなした、七十を相当越えていそうな男だった。私はカーテンを閉めていなかった。それで寝転んだまま、老人が自分のベッドに腰かけて、一息つくようにじっと窓の外を見つめている様子に目をやっていた。老人は、眼前に横たわっている私に一瞥もくれず、膝の上に両手を置いたまま、食い入るようにガラス窓の彼方を見ている。私はそっとカーテンを閉めると、しばらくの間、目をふさいだ。瞼の中で、ちかちか赤く飛び散るものがあった。それが現れるときは、きまって精神のどこかが冴え渡った、眠れない夜になるのである。

私はウィスキーのポケット壜を持って、通路に出た。老人はさっきと同じ姿勢のまま、まだじっと夜景を見つめている。列車内のおぼろな明りでもはっきりと判るほどの、色白な引きしまった顔の中で、端整な鼻筋が強く浮き出て、若い頃はさぞかし秀麗な美丈夫であったことをうかがわせた。そしてなによりも、老人が、充分に恵まれた経済力の中にあることを、その身に着けている服や時計や靴などが示しているのだった。だが、そんな風情にもかかわらず、老人の目は、いかにも虚ろで哀しげだった。

私は、そんな老人の目に、なぜか強く心惹かれた。私に出張費を手渡したときの、甲谷の目も、またそれを受け取った瞬間の私の目も、きっと得体の知れない哀しいものを一瞬閃かせていたような思いに駆られたのである。

　私は老人の見える場所から少し離れて、通路の手すりに凭れながら、そなえつけの小さなプラスチック製のカップに、ウィスキーをついだ。周期的にやってくる大きな揺れで、カップの中の液体はぽたぽたこぼれた。壜からカップに移す際には、さらにウィスキーはこぼれ出て、仕方なく私は壜に口をつけて、あおった。列車はすでに滋賀県に入っているようであった。自分の顔と車内の光景が、ガラス窓に鮮明に映っている。じっと目をこらして、やっと見つかる程度の小さな光が、窓外の漆黒な闇の奥に瞬いていた。車輛の真ん中あたりに陣取った学生たちの一群は、何かトランプにでも興じているらしく、ときおり押し殺した歓声や笑い声が涌き出してくる。どこかから、軽いいびきも聞こえていた。

　ウィスキーは、胃に強く沁みているのに、いっこうに体の中で動き出してこなかった。私は結局、ポケット壜の中味を全部あけてしまった。胸が焼け、口や喉に辛く酸っぱいものがまとわりついた。私は洗面所に行き、水を飲み、列車の連結部のところで、しばらく冷たい風を受けていた。

　自分の寝台に戻ってくると、老人はベッドの中に引きこもったらしく、カーテンも閉ざされて、ひっそりしていた。ワイシャツとズボンを脱ぎ、ベッドに横たわって毛布をかぶった。車内の暖房は強すぎるほどで、背や首すじにうっすら汗がにじみ出てきた。

新しく設けられた営業促進部の部長として、日本でも一、二を争う商社の課長職を捨てて入社して来た、五年前の甲谷の姿が思い出された。私はひと目で、彼のやくざっぽい言行に隠された一抹(いちまつ)の小心さとでも呼べるものに気づき、部下に対する尊大な物言いと虚勢の裏に、一流商社での出世をやはり放棄せざるをえなかった、甲谷の持つどうしようもない性格上の欠陥を見たのだった。大舞台でしか映えることのない大技が得意なくせに、そうした場所には不釣合な品の悪さと脂臭さを持っていた。S社攻略にまつわる幾つかの忘れ難い場面をたどっていくとき、決まって浮かびあがる、眩(まばゆ)い、そのくせいやに沈みきった静かな光景に行き当たる。それまで、私だけにまかせていた対S社への折衝に、甲谷自らが乗り出してきた頃のことであった。

夕刻、外出先から帰って来た私が、社内の一番奥にある営業促進部の部屋に入ると、窓ぎわの自分の席から遠く離れた女子社員の机に腰を降ろし、つくねんと部屋の隅を見やっている甲谷の姿があった。部屋には、彼以外誰もいなかった。雑然とした事務所いっぱいに、夏の終りの強い西陽がたちこめ、それが甲谷の広い肩や背に当たっていた。冷房が入っていたが、陽除(ひよ)け用のブラインドはなぜかあけはなたれていて、役に立ってはいなかった。私はブラインドを降ろそうとして窓ぎわに歩いて行った。わざと大きな足音をたてたつもりだったが、甲谷は私が入って来たことに気づかなかった。甲谷は身動きひとつせず、じっと部屋の隅に視線を注いでいた。私は声をかけようとしてやめた。狭苦しい事務所に充満した熱気も、冷房の風によって舞いあがっている無数の埃(ほこり)も、ただ甲谷を取り巻いてひっそりしていた。ややあって、甲谷はふと人の気配に気づいたように、ゆっくり振り返った。私を見ると、何ごともなかったように自分の席へ歩を運んだ。黙ってブラインドを降ろし、それからいつもよりもっと尊大な調子で、

「いつまで、茶飲み友だちでおるつもりや」

と私に言った。私がその意味を訊(き)き返すと、

「S社の連中とのことや。そこまで取っついたら、あとはまた違う手の打ち方をするんや。子供の使いとは違うんやで」

「……はあ」

「はあやあるかい。何でも時というもんがある。それを外したら、あとでどんな策を施してもあかんねや」

私の作成した販売戦略書にひとつひとつ朱筆を入れて、甲谷はてきぱきと指示を出

した。それは彼一流の悪どさと、鋭さを持っていた。私は強い反発を感じた。もし甲谷の指示通りに事が運べば、私のこれまでの奮闘も、結局彼の手柄に変ってしまうような気がした。

「ええな、今度の仕事は、絶対にものにするぞォ。絶対にや」

絶対にや、と強く言い放った瞬間、甲谷の、うしろに流した濃い頭髪の一筋が、額に向かって乱れ落ちた。そのとき、私の胸に、さっきの甲谷の姿が、ある鮮明な映像となって甦ってきたのだった。

しばらくしてから、

「さっき、何を考えてたんですか?」

と私は訊いてみた。甲谷はちらっと目だけで私を見て、いかにも邪魔臭そうに机の上を片づけ始めた。

「S社とのことですか?」

「……いや、何でもあらへん」

そして甲谷は、思いがけない明るい笑顔を私に向けた。それは、一度も見せたことのない、無邪気な、何か失敗を見つけられた子供のような笑顔であった。私も思わず同じような笑いを返して、

「何か、……怪しいなァ」

と言った。すると甲谷は、妙に寂しげなものを目尻のあたりに漂わせながら、いつもより固く肩をいからせ、急ぎ足で部屋を出て行った。乱雑に積み重ねられた書類や仕様書や、その他資料の山の陰で、肩と背に強い西陽を受けて、ひとり悄然とうなだれていた甲谷の小さなうしろ姿は、私の中から消えなかった。考えてみれば、仕事上でのつきあいだけで、私は、甲谷の家庭のことも、彼自身の人間についても、何も知らないのである。そんな思いが、いつまでもつきまとっていた。その、甲谷のことを何も知らないのだという一点が、彼に対する憤りや不満を、その後、いつもすんでのところで、いさめてくれるのであった。

列車は、ときおり激しい軋み音をたてて、横たわっている私の体を揺すった。そのたびに私は目をあけ、寝返りをうって体勢を整えてみた。車内の暖房はますます暑くなり、断続的な強い横揺れと重なって、とても寝るどころではないように思えた。踏切の多い地点を通過しているらしく、警笛の音が何度も近づいてきて遠ざかって行くのだった。誰かの通路を歩いて行く足音が耳ざわりで、私はカーテンをあけ起きあがると、ベッドに腰を降ろし、煙草を吸った。そのとき、泣き声が聞こえた。

それは確かに泣き声であった。閉ざされたカーテンの向こうで、老人が泣いているのである。私は驚いて、じっときき耳をたててみた。列車の振動や、どこかから流れてくるかすかな人声にまじって、老人の忍び泣くような声はいつまでもつづいた。痛切な、どうにもこらえることの出来ない哀しみを感じさせる、低い長い泣き声であった。

列車が停まった。私は枕元のカーテンをずらして駅名を見た。豊橋であった。時計を見ると三時半を少し廻ったところだった。真夜中でも、やはり列車に乗り込む人はいるようで、二、三人の通路を歩いて行く足音が響き、すぐに列車は走り出した。たとえ少しでも、眠っておかなければならない。私はもう一度ベッドにあおむけになり、すっぽりと毛布をかぶって目をつぶったが、何となく隣りの老人のことが気にかかって仕方なかった。寝ようとする心のどこかに、老人の様子を探ろうとする余計な神経が働き、ますます頭が冴え渡っていくのである。

一旦、途絶えたかに思えた泣き声が、しばらくするとまたカーテンの向こうから洩れてきた。老人は、ただひたすら泣いていた。私は声をかけることもはばかられて、そのまま耳を傾けていた。

二十数年前、当時小学校の三年生だった私は、大阪中之島の西端にあたる舟津橋に住んでいた。家はちょうど土佐堀川の川筋にあり、裏窓の下は直接深い川になっていた。私には同じクラスの、カツノリくんという友だちがいて、家も近くだったから、よくお互い行き来して遊んだ。ある夏の正午近く、カツノリくんは私の家にやって来て、お祖父さんに買ってもらった模型の船を一緒に組み立てようと誘った。カツノリくんには両親がなかった。死に別れたのか、それとも、もっと他の事情からなのか、私たちは誰もその理由を知らなかった。お祖父さんが、カツノリくんを自分の子として育てていた。

私たちは物置きに使われている畳敷きの部屋に入り、錐や針金やナイフなどを道具箱から捜し出し、船の組み立てにかかった。カツノリくんのお祖父さんは、開業医であった。私の家から歩いて二、三分のところで、内科の病院を営んでいた。裕福な家のいわば一人息子だったから、欲しいものは何でも買ってもらえるらしく、私などがどう両親にねだっても手に入りそうにない高価なおもちゃを、次から次へと持ち出してきて、私をうらやましがらせるのだった。

私たちの遊んでいた物置きは川に面していた。板壁の一角に観音開きの扉があった。何のための扉だったのか忘れてしまったが、下はすぐ川なので、危険防止のため、針金で取手をくくりつけてあった。ところが、その日に限って針金が外されていたのである。あとになって、父が空気を入れ換えるためにあけはなち、そのまま針金をくくり忘れたことが判った。ところが、私たちはそんなこととは知らなかったのである。カツノリくんはいつもと同じように、観音開きの扉に背をもたせかけ、そのまますとんと川に落ちたのだった。ふいに扉のむこうに消えてしまったカツノリくんを捜して、私は川を覗(のぞ)き込んだ。カツノリくんは、あおむけになって土佐堀川の水面に浮いていた。人形のように、身動きひとつせず、ぷかぷかと浮いているのだった。そして、そのまま私の顔を見ていた。私は大声で母を呼び、ついで河畔を見やった。あいにく、ポンポン船は通っていなかったが、赤フンドシひとつで小舟をあやつっている見知らぬ男の姿があった。

「おっちゃん、助けてェ。あの子が川に落ちたァ」

私は悲痛な声をあげて、真下の川面(かわも)を指差した。その声で、男は怪訝(けげん)な面持ちで指差す地点を窺(うかが)い、やっとそこに浮かんでいる子供の姿を認めた。彼は慌(あわ)てて舟の向きを変え、巧みに櫓(ろ)を漕(こ)ぎながら、カツノリくんに近づいて行った。走り込んで来た母は、窓から顔を突き出し、蒼白(そうはく)になってカツノリくんを見ていた。そして、叫んだ。

「動いたらあかんでェ。そのまま、じっとしてるんやでェ」

小舟がカツノリくんの傍(そば)に近づくまでの時間は、随分長く感じられた。だが不思議なことに、彼は沈まなかった。カツノリくんの浮かんでいる地点だけが、まるで水ではないように思われた。川の水が目に入るのか、ときおり顔を左右に振ったが、体だけは棒のようにして動かさなかった。

やっとたどりついた赤フンドシの男は、片手でカツノリくんの腕をつかみ、小舟に引き上げた。カツノリくんはうっすら目をあけていたが、殆ど意識はなく、私たちの呼びかける声にも反応を示さなかった。水もまったく飲んでいなかったし、息も脈もしっかりしていたが、青ざめた死人のような顔には、いつまでも血の色が返ってこなかった。しらせを受けて、お祖父さんが駆けつけて来た。大きなタオルにくるんで、とにかく自分の病院につれ帰り、応急処置を施した。カツノリくんが正気を取り戻したのは、夕刻であった。彼は川に落ちたとき、驚愕と恐怖で、一種の失神状態におちいったのである。それが、彼には幸いしたのだった。もし、少しでも、あばれたりもがいたりしていたら、カツノリくんはたちまち川に沈んでしまったに違いなかった。死んだようになってしまったことで、彼は自分の命を救ったのだった。

あきらかに、事故は我家の過失だった。父と母は何度もカツノリくんのお祖父さんに詫びた。しかし、それきりカツノリくんは、私の家に遊びに来なかった。学校で逢っても、気まずそうな素振りを見せて、口をきかなかった。だから私たちは、そのまま疎遠になり、中学校も高校も同じ学校に進みながら、決して交わらぬ間柄のまま、時をすごしたのだった。

カツノリくんが、疾走している列車から落ちて死んだのは、それから十数年たった昭和四十年のことであった。当時、彼は医科大学の三回生で、山岳部に属していたから、私はカツノリくんの死を知って、てっきり山で遭難したものと思ったが、彼は山岳部の仲間と冬の穂高へ向かう中央本線の列車から転落したのであった。どこでどうやって転落したのか、同行していた仲間の誰もが気づかなかったということだった。なぜそんな事故が起こったのか、原因は結局あいまいなままになったが、そのカツノリくんの葬儀に、私は二、三人の友人とつれだって参列した。まだ現役の医者として、かくしゃくと患者の診察にあたっていたお祖父さんは、その日も決して取り乱すことなく無表情に座っていた。私たちは焼香をすますと、そそくさとその場を辞した。

それから何日かたった土曜日、私は風邪をひいて熱を出した。いつもは玉川町にある病院に行くのだが、そこは午後からは休診だった。カツノリくんのお祖父さんが、昔から土曜日の午後も診察していたことを思い出し、私は何となく気のひけるものを感じながら、病院の玄関をくぐった。

土曜日の午後も診察してくれるのは、近辺ではそこだけだったので、思いのほか患者も多く、私は長い間、順番を待たなければならなかった。以前は確か看護婦がいた筈だったが、姿は見えなかった。患者の名前を呼ぶ、聞きおぼえのあるお祖父さんの声が、がらんとした待合室に響いてきた。

お祖父さんは、私の顔を見ると、

「このあいだは、忙しいところを、わざわざ来てもろて、ありがとうございました」

そう言って丁寧に腰を折った。

「いえ、ほんまに何て言ったらいいのか……」

感冒だから、暖かくしてゆっくり休むようにと、お祖父さんは言った。私のあとには、もう待っている患者はいなかった。

「もうきょうは、これで終りや」

本日休診の札を玄関のところに吊ってから、お祖父さんは、服を着ている私のところに戻って来た。

「いつまでもお元気そうですねェ」

「いや、もう歳や。患者の多い日は、疲れがひどいんや」

そして、来月からは午前中だけ診察するつもりだとつけたした。診察室の中は、昔と少しも変っていなかった。木製の茶色いカルテ入れも、診察台の位置も、壁に掛けであるレンブラントの絵も、そっくりそのままであった。

「お幾つになられましたか」

「うん……もう七十八になってねェ」

カツノリくんと良く似た細長い目が笑っていた。

「生前は、いろいろお世話になったなァ」

「いえ、小学生の頃は、ほんまに毎日一緒に遊んでましたけど……」

それで、私はあの事件以来、二人の間柄が疎遠になってしまったことを話した。

「ああ、確かにそんなことがあったなァ」

お祖父さんは瞳（ひとみ）をどこか遠くに向けて、じっと思い起こしていた。

「そうや、あんたの家で遊んでて、川に落ちたんやったなァ」

「なんで、あのとき沈んでしまえへんかったんか、ときどき思い出して、ぞっとすることがあるんです。うまい具合に、近くに小舟に乗ってる人がいて」

「赤フンドシの」

「ええ、そうです」

「あの人は、今は渡辺橋の近くで保険の代理店をやってる筈や。あの頃は、中央市場で働いとったんや。……死にぞこないは長生きするいう話やけど、あいつはそうやなかったなァ」

そう言って白い診察着を脱ぐと、ゆっくり膝の上でたたんだ。それから誰に言うともなく呟いた。

「父親の味も、母親の味も知らんと、可哀そうやった。あのとき死んでてもよかったなァ」

私は黙っていた。どんな言葉も浮かんでこなかった。あのとき、土佐堀川にぷかぷか浮いて、奇跡的に命びろいしたカツノリくんの、そこから中央本線の列車に乗り込む十数年は、いったい彼にとって何だったのだろうと、私はぼんやり考えていた。

お祖父さんは、月が変るとすぐ病院を閉めてしまった。出身地である山口県に帰ったという噂を耳にしたが、本当かどうか私には判らずじまいである。

ごとんと大きな音がして、列車は停まった。信号待ちをしているらしく、しばらく動き出さなかった。老人の泣き声はいつのまにかやんでいた。私はカーテンの方に背を向け、何も考えまいと努めた。再び列車が動きだし、不規則な律動に身をまかせていった。老人の泣き声の終ったことでひとつのきりがついたように、私を取り囲んでいたあらゆる物音は消えていった。不思議な安心感があった。少し眠ったような気がした。ほんの短い間だったような気がしたが、目をあけると早朝の眩い光が、ガラス窓を通って車内に満ち溢れていた。

私はカーテンをあけ、首を左右に振ってみた。寝不足の朦朧とした感覚は、しばらく醒めなかった。老人のベッドは空で、よれよれになったシーツの上に、毛布がきちんとたたまれて重ねられていた。どこか夜更けの駅に降りたらしく、通路にもその端整な姿はなかった。私は身づくろいを整え、洗面所へ行き、あっちに揺られ、こっちに揺られして、胸やズボンをびしょぬれにさせながら、歯を磨き顔を洗った。不自然な姿勢での就寝で体の節々が痛かった。

私が自分の席に戻ってくると同時に、列車は沼津駅に停まった。駅弁を売る男たちの声や、通学途上の女学生たちの声が、巨大な音の塊りとなって飛び込んできた。私は駅弁とお茶を買い、老人のいたベッドに腰を降ろし、窓ぎわに凭れて地方都市の朝に眺めいった。急ぎ足で流れていく人々の口元から、白い息がこぼれている。

トンネルを幾つか越えると、熱海の海が見えてきた。私は、海の真ん中に雲集した朝陽のかけらを見つめながら弁当を食べた。食欲はなかったけれども、何も考えずに、ただ食べつづけた。ガラス窓に、自分の横顔がうっすら反射していた。それは朝陽にさえぎられて映ったり消えたりしていた。私は弁当を食べ終えると、鞄から書類の詰まっている紙袋を出した。ひとつの仕事を完成させた歓びが、ふいに私のもの憂い体の中を走って抜けた。早朝からゴルフに行くと言っていた甲谷は、もう出かけたろうかと私は思った。

吹雪

列車は停まったままだった。もう一時間近く、北陸の雪原の中に閉じ込められて、いっこうに動きだそうとしなかった。あんなにもすさまじい雪は、あとにもさきにも、二十五年前の、大阪から富山に向かう立山一号の満員の車内の窓から見たもの以外、一度もない。

「これが、吹雪というやつや」

と父が教えてくれた。座席には、十歳の私と、父と母、それに見知らぬ鳥打ち帽の男が一緒だった。男は大きな旅行鞄を通路側に置き、その上にウィスキーの壜やら地図やら手帳やらを乗せて、ときおりその脂ぎった赤い顔を私に向けた。愛想笑いひとつ浮かべず、私を見つめる男が気味悪く、私はきっとこの人は悪い人なのだと思った。大きな旅行鞄が、通路を歩く人の邪魔になっていることなどまったく意に介さず、ウイスキーを呑み、カマボコを食べている。外は一メートル先が見えないほどの吹雪である。

それまでひとことも発しなかった男が、突然口を開いた。

「このぶんやと、着くのはあしたの朝になるかもしれまへんなァ」

あしたになろうがあさってになろうが、どうでもいい。そんな言い方であった。

「月に二、三回、富山へ行きますが、こんな雪は初めてですなァ」

父は黙っていた。男の言葉に何の返答もせず、煙草(たばこ)を喫(す)っていた。それで私は、父もこの男を悪い人だと思っているのに違いないと考えた。父は口髭(ひげ)をはやし、太い眉(まゆ)と切れ長の目をしていた。父が本気で怒って睨(にら)みつけると、たいていのチンピラは怖気(おじけ)づいた。私たちはすべてを売り払い、知人を頼って富山に新天地を求めるべく、立山一号に乗ったのである。

「どうです、一杯。悪い酒やおまへんで」

男は父にウィスキーのキャップを差し出した。父はことわったが男はしつこくすすめた。

「わしは、酒はやらんのじゃ。酒の匂(にお)いを嗅(か)ぐだけで胸が悪うなるけん、どこか他の席に移ってくれ」

父は煙草のけむりを男の顔に吹きかけてそう言った。母が怯(おび)えた顔で父を見ていた。父は寝起きに一杯、昼にも一杯、夜には腰をすえて一升酒という酒豪であった。男は少したじろいだようだった。満員で、通路には席を取れなかった人たちが新聞紙を敷いて坐り込んでいる状態だったから、他の席に移れと言ったのは、父がはっきり男にケンカを売ったのと同じだった。だがそういうタンカを吐くときの父の顔には、一種泰然たる風格と気迫がみなぎっていた。

「そないムキにならんでも……」

男は作り笑いを浮かべ、

「大将、伊予のお方でっか」

と訊いた。愛媛県の南宇和郡出身の父は、死ぬまでいなか言葉を使った。男は居心地が悪そうに体を通路側にねじり、父に背を向ける格好で地図をひろげた。

「ほんまに、あしたまでに着けへんのん？」

私は心配になって父に訊いた。

「春になったら着くけん、安心しちょれ」

父は笑い、それから腕を組んで目を閉じた。こんどは男は私に話しかけてきた。ひろげた地図を見せ、

「ぼくは、どこへ行きはるんや」

と訊いた。

「知らん」

私は目を閉じている父を窺いながらそう答えた。

「おっちゃんにもなァ、あんたぐらいの子供がおるんや。女の子やけどなァ」

だが不愛想な親子にこれ以上かかわっているのは面倒だと思ったのであろう。男は人々の間を縫って便所へ行き、帰って来ると、そのまま眠ってしまった。私はスチームの熱で火照る頰を窓ガラスに押し当て、すさまじい吹雪を見つめた。いつまでも見つめた。列車はやがて動きだした。そしてまた停まり、しばらくして再び動いた。そのうち、私も眠った。目を醒ますと、窓外は漆黒の闇で、列車はゆっくりとした速度で進んでいる。父の膝の上には男の持ち物である地図が置かれ、殆ど空になったウィスキーの壜が、父の掌に握られていた。男と父は、小さなキャップにウィスキーをついで、差しつ差されつ仲良く話に興じている。父は男のカマボコを勝手につまんで、私の口の中に入れた。

「これが神通川です。ここらの土地はまだ安いし、工場に出来るような家がなんぼでもおまっせ」

男は、指先で地図の上をなぞり、ここが豊川町、ここが総曲輪と説明した。立山一号は予定より四時間遅れ、夜の十一時過ぎに富山駅に着いた。私たちと男はホームで別れた。女が男をホームまで迎えに来ていた。男は旅行鞄を置くと、女の手から、まだ二つか三つぐらいの男の子を抱き取って頬ずりした。

「女房の子供より、あの女の子供の方が愛しいんじゃろうのお」

父は私の手を引いて独特の笑みを浮かべつつ呟き、暗い改札口へ歩いて行った。二十五年前の私は、ただ窓から見つめた吹雪の光景しかおぼえていない。だからおそらく、鳥打ち帽の男のことは、私が心に描いた作り話であろう。私にはそんな病気があるのだ。

雪とれんげ畑

母が二階のガラス窓を力まかせにあけると、吹きつのっている雪が一斉に座敷の中に入って来た。

炬燵に寝そべっていた十歳の私は、赤いうるし塗りの小さな手鏡を母が戸外に投げ捨てる動作をぼんやり見つめた。遠い昔のことである。

その年、富山は雪が多く、四月に入って二回も大雪に見舞われた。

「ああ、もうこんなに雪の降るとこはいやや。お母ちゃん、大阪に帰りたいわ」

そう涙声で呟いて、あけはなった窓のところに座り込むと、母は雪で頭や肩や胸を白く染めながら、うなだれていた。

下から父があがって来、恐い目でちらっと私を見ると、座っている母の着物の襟をつかんで畳の上に押さえつけた。そして何度も母をなぐった。私は泣きながら父の腕にかみついた。

富山でひとはたあげようと、私たち一家が住み慣れた大阪から雪国へ引っ越して来て丸一年が過ぎようとしていた。父の事業はうまくいかなかった。月々の生活費すらこと欠くありさまで、仕方なく、父は母と私を富山に残し、金策のため大阪へ出むいていたのだった。父が金を持って帰って来るのを一日千秋の思いで待ちわびていた母は、父のボストンバッグの底に赤い手鏡がきれいな包装紙に包まれてしまわれてあったことで逆上したのであった。父には、これまで幾度となくそうした前歴があったのである。

「よその女にと違う。これはおまえに買うて来たんや。ほんまやがな」

母は、弁解する父の言葉に耳をかさず、手鏡を戸外の雪の上に投げ捨てたのだった。

夫婦げんかもおさまり、父がふてくされたように酔いつぶれてしまうと、母がなぐられて腫れあがった顔を手で押さえながら何度も同じ言葉を繰り返した。

「お母ちゃんは雪が嫌いや。雪のないところに帰りたいわ。お母ちゃんは、雪が大嫌いや」

富山は、絶え間なく雪の降りつづく地であった。だがそれでも、春はじわじわと北陸の雪をほどいていった。家の前を流れるいたち川のほとりに積もった雪が、ところどころ崩れて陥没していく日がやって来る。光は貧しかったが、肌にも触れぬ微妙な熱が、雪の層を底から溶かしていくのだった。半日晴れ間でもあれば、黒々とした地肌がまだら状にあらわれる。道はぬかるみとなり、それにつれていたち川の水かさが少しずつ増えていくのである。そしてそんな頃、私たち一家は再び大阪へ逃げ帰って行くことになった。

ゴム長をはいて溶けかけている雪の上で遊んでいた私は、川べりの一角で、あの赤い手鏡を見つけた。半月近く雪にうまっていたわりには、手鏡は少しもいたんではいなかった。私はそれをそっと持ち帰り、母には内緒で、自分の大事なものをしまってある木箱に隠した。子供心にも、その手鏡を母に見せるのはためらわれたのであった。大阪に帰ってから、私たちの生活はいっそう苦しくなっていった。父は何をやっても失敗し、歳（とし）を取り、いつしかよその女のもとに入りびたりになり、家にはほとんど寄りつかなくなってしまった。そして富山から大阪に帰って来てちょうど十年目の昭和四十四年四月、父は大阪郊外の精神病院で死んだ。

息を引き取る前日、父は突然ひげを剃（そ）りたいと言いだした。だがもう自分でひげを剃る力はなかった。母は看護婦の許可を得ると剃刀（かみそり）を買って来、病室で父のひげを剃ってやった。

「お父ちゃん、男前になったでェ。きれいになったでェ。まだ一人や二人、女の人をうまいことだませまっせェ……」

そう言いながら、母はハンドバッグから小さな手鏡を出して、父の顔前に差しだした。その赤いうるし塗りの手鏡の裏に描かれている金色の鶴に見おぼえがあった。母が雪の中に投げ捨てて、それをあとで私がひろって帰った輪島塗りの手鏡のように思えた。母に内緒で木箱におさめ、大阪に持ち帰って、そのままどこにいったのか忘れていたのだが、なぜそれがいま母の手にあるのか、私は病室の隅に座ってぼんやり考えていた。しかしそれは、あるいは私の錯覚で、まったく別の物なのかも知れなかった。そんな私の心に、十年前のおぼろな光景が、まざまざと思い出されてきたのである。温かい座敷に降りつのっていた雪、母の泣き声、灰色の雪の中を弧を描いて飛んでいく赤い手鏡、父の荒々しい息づかい、春の光、雪の下からあらわれるまだら状の黒土。

通夜をすませると、私と母は病院の裏にある広いれんげ畑に腰をおろし、長い間ひなたぼっこをしていた。

「お父ちゃん、とうとう死んでしまいはったなァ……」

母がぽつんと言った。それから、

「何をやっても失敗ばっかりして、悔しかったやろなァ」

と言いながら泣いた。

私は手鏡のことを訊(き)こうとしてやめた。何も言わず、れんげ畑を見ていた。十年の来し方を思った。あの大雪も四月だった。このおびただしいれんげの花も、四月なのだった。蜂(はち)の羽音があちこちから聞こえ、無数の蝶(ちょう)が眼前を飛んでいた。

夕刊とたこ焼き

その少年はまるまると太っていて、いつも腕白であった。クラスの中でもとりわけ貧しい家の子供で、給食費などは期限どおりに納めたことは一度もなかった。あるとき、私は少年に、

「おまえ、なんでそないに太ってるねん？」

と訊いた。小さい頃から「青びょうたん」とあだ名をつけられていた痩せっぽちの私は、なんとか人並に太りたいと子供心にも念じつづけていた。雪深い富山から、兵庫県の尼崎に引っ越してきて一ヵ月ばかりたった頃、私が小学校五年生のときである。

「寝る前に、たこ焼きを食べるんや」

少年はそう教えてくれた。毎晩、夕刊を売って歩き、その稼ぎでたこ焼きを買うのだと、誰にも内緒にしていた秘密まで打ち明けてくれたのだった。日雇い労務者で酒乱の父と、どんな仕事をしているのか判らないが、滅多に家に帰ってこない母を持つ

その少年が、いたしかたなく自力で金を稼ぎ出し、毎夜毎夜、たこ焼きばかりを食べつづけていたことなど私は知る由もなかった。

「僕も夕刊を売って、たこ焼きを買うんや」

私がそう言うと、母は血相を変えて反対した。父は笑って、

「ぎょうさん儲けて、お父ちゃんにもおごってや」

と許してくれた。

当時、阪神電車の尼崎駅周辺には、トルコ風呂やストリップ劇場を囲むようにして、小さい屋台や小料理屋が軒を並べ、売春婦やならず者たちが凍てつく露路のあちこちにたむろしていた。私は少年とつれだって、夕刊の束を小脇に、飲み屋のノレンをくぐっていった。

誰も夕刊を買ってはくれなかった。しつこく売りつけようとして酔っぱらいに突き飛ばされたり、尻を蹴られたりもした。寒風の吹きすさぶ大通りから、裸電球のともる薄暗い露路にもぐり込み、一軒一軒新聞を売り歩いているうちに、私はだんだん情けなくなり、家に帰りたくなってきた。だが、断られても断られても夕刊売りをやめようとしない少年に引きずられて、夜更けまで場末の飲み屋街を歩きつづけたのだった。

「きょうは調子が悪いなァ……」

と少年が立ち停まった。

「……僕、もう帰らんと怒られる」

その言葉で、少年は私から新聞の束を受け取り、

「僕はもうちょっとねばってみるさかい」

と言い残して、再び暗い露路へと消えて行った。私は体中が凍えていた。夜道を震えながら帰った。家に入ろうとしたとき、誰かの歩いて来る音が聞こえた。父であった。父は「おかえり」と言って私の耳を掌（てのひら）で包んでくれた。その夜、銭湯からの帰り道、父がさとすように呟（つぶや）いた。

「おまえのたこ焼きと、あの子のたこ焼きとは、味が違うんやでェ」

それからちょうど十年後に父は死んだ。父の死後、何かの折りに、夕刊を売り歩いた一夜の思い出を母に語った。そしてそのとき母から、あの夜、尼崎の歓楽街で新聞を売り歩く私のあとを、父が最初から最後までずっと尾（つ）けていてくれたことを聞いたのであった。

いまでもときおり、場末の歓楽街を歩いているときなど、露路のくらがりからまるまると太ったあの少年が、夕刊の束をかかえて走り出てくる幻想にかられる。そんな

とき、オーバーで身を包んだ父が、物陰からじっと私を見ているような気もするのである。

正月の、三つの音

従兄の、あき坊が死んで、三年たった。明彦という名前で、十四歳も年長だったが、私はまるで同年輩の友だちみたいに、あき坊、あき坊と呼んでいた。突然の心不全のため、四十二歳で、妻と二人の子を残して逝った。父というものがなかった。戸籍上では、いわば私生児と称される身の上だったわけである。子供のときも、おとなになってからも、その心のうちを決して表情や言葉に表わさない人だった。面長で、少し奥目の、そのためいっそう秀でて見える形良い鼻梁をした、やさしげな、とてもきれいな顔立ちであった。

ラジオのスウィッチをひねると、真空管が暖まってくる鈍いかすかな音がして、それからフランク永井の「有楽町で逢いましょう」が流れてきた。私は貰ったばかりのお年玉の袋を持って、冷たい蒲団にもぐり込んだ。炬燵も毛布もなかったから、私は二枚の薄く重い蒲団の間に体をすり入れ、ただ自分の体温だけで暖を取らなければならなかった。暖まってくるまで、随分時間がかかった。私は蒲団からわずかに鼻と目と頭の部分だけ出して、自分の寝る場所が、あのラジオの真空管みたいに、どこかスウィッチをひねっただけで、ぽっと光りながら熱くなってくれたら、どんなに嬉(うれ)しかろうと考えていた。父の事業の倒産によって、私たち一家は一年余りの富山での生活を捨て、兵庫県の尼崎(あまがさき)に移ってきていた。

小学校の五年生だった私を、とりあえず、自分の妹の家に預けると、父は母と一緒に、新しい仕事の段取をつけるため、師走(しわす)の街を駈(か)けずり廻った。正月の三日になっても、父も母も帰ってこなかった。昭和三十三年のことである。

「有楽町で逢いましょう」が終ると、こんどは三波春夫の「ちゃんちきおけさ」が、裸電球に照らされた湿っぽい六畳の間に響き始めた。この二つの歌謡曲は、場末の飲み屋からも、裏通りのお好み焼き屋からも、なじみの銭湯からも、ひっきりなしに聞こえてきた。街を歩けば、この歌のどちらかが聞こえてくるのであった。

当時、叔母は家の一部を改造し、小さな駄菓子屋を営んでいた。確か私たちが富山へ引っ越していった頃はひとりであった筈(はず)なのに、戻って来たときは男の人と暮らしていた。男には妻も子もあった。六十近い大男で、背中一面と、肩から手首にかけて刺青を彫っていた。この、元テキ屋の男は、店の横にある四畳半で、どういうわけか、主みたいな顔をして叔母とともに寝起きしていた。二十五歳のあき坊が、男と母親に対して、どんな感情を抱いていたか、当時の私には、とうてい窺い知ることは出来なかった。

あき坊は、高校を卒業すると、大阪市内にある興信所の経理部に就職した。成績も人柄もよかったが、大きな会社はどこもみな書類選考で彼を拒んだ。だがあき坊は、そうしたことに対する不満や恨みごとを、一度も口にしたことはなかった。無口で、いるのかいないのか、判らないようなところもあった。

そんな彼に、たったひとつ好きなものがあった。トランペットを吹くことであった。少ない給料の中から金をため、素人にはいささか贅沢とも思える立派なトランペットを買った。そして、夜になると練習を始めるのである。押し入れをあけ、積み重ねてある蒲団にトランペットの先をあてがって、遅くまで練習している。音は、蒲団に吸い込まれて、外にまで響くことはない。けれども、家のものには、それはどうにも我慢のならない雑音なのであった。

あき坊は、ケースからトランペットを出し、ラジオの音に合わせて、何やら外国のスウィングジャズを奏でた。

「うるさいかァ？」

　と、あき坊は蒲団の中の私に言った。私は本当のことは言えなくて、あおむけになったまま、かぶりを振った。あき坊は、来月に入ったら、駅前のキャバレーに、トランペット吹きとして出演するのだと、そっと教えてくれた。

「へえ、ほんなら、いまの会社を辞めてしまうのん？」

「いや、アルバイトや。夜だけ楽団でペット吹きさせてもらうねん。内緒やで」

　彼はいつになく力をこめて吹いていた。私には、それが上手いのか下手なのか見当がつかなかったが、聞いていて心地良い音ではなかった。寒い夜で、蒲団の中はいつまでも暖まってこなかった。動くと、寒気が走り、かすかに歯が鳴った。私は両親が恋しくてならなかった。一人息子を、親類の、それも決して豊かな生活をしているわけではない家に預けて、正月というのに、飛び廻っている、父と母のことを思った。

　そのとき、叔母の部屋の襖が軋むような音をたてて開いた。寝巻姿の男が、じろっとあき坊を睨み、何か言おうとして思いとどまり、やにわに鋒先を私に向けてきた。

「義兄さんも、殺生な親や。息子を人に預けて、どこをほっつき歩いてはんねやろ。なあ、坊。可哀そうになァ、ほんまに可哀そうになァ」

　彼は、トランペットの音に対する憤懣を、直接あき坊に投げつけることが出来なくて、部屋の隅でせんべい蒲団にくるまって身を縮こませている私に、当たりちらしたのだった。私の知っているかぎりでは、あき坊は、その男とは口をきいたことはなかった。生活に苦しかった叔母は、幾度となく男に助けてもらったことがあり、そうしていつのまにか出来あがった関係であったが、男もまた、あき坊には絶えず気を遣っていた。気弱で利発だったあき坊は、幼い頃も、たとえどんなに耐えられない怒りや哀しみに対しても、自分の感情をぶつけていかなかった。それはおとなになっても変わらなかった。そういうふうに物事に対処する術を、出生にからむまことに理不尽な烙印と、青年期に到る長い貧しい生活から、いっそう強く学んできたのに違いなかった。

　私は、頭上に立ちはだかっている男の顔を睨み返していた。いったいこの男は何者だと、私は子供心に思った。その瞬間、私は激しく男を憎んでいた。すると、あき坊はまったく男を無視して、「有楽町で逢いましょう」を、トランペットで奏で始めた。男は、あきらめたように、部屋にひっこんでしまった。

　あき坊は、いつまでも同じ曲を吹いていた。私も寝たまま、トランペットの音色に合わせて、心の中で歌った。音は、押し入れの中の蒲団に響きを消され、くぐもったような、それでいて奇妙な哀調を伴った調べとなって、十二歳の私の胸に沁み入ってきた。

あなたを待てば雨が降る、濡れて来ぬかと気にかかる……。私は体を固くさせ、何度も何度も、あき坊のトランペットに合わせて、無言で歌っていた。表通りのドブ板を踏んで行く、酔っぱらいの千鳥足が、枕を伝って響いてきた。音と音との間隙を縫って、遠くから犬の鳴き声も聞こえた。

「この歌、好きか?」

あき坊は笑ってそう囁いた。

「うん、僕、好きや」

「もうじき、お父さん、迎えに来てくれはるから、心配せんと待っときや」

お父さんも、きっと早いこと迎えに行きたいて思ってはるよと、あき坊はトランペットを持った両手をだらりと下げ、押し入れの一隅を見つめながら呟いた。高い鼻に裸電球の黄色い光が当たっていた。黯い影を帯びた顔の中で、鼻だけが光っていた。

私は、やさしくなぐさめてもらいながらも、なぜかあき坊に、自分として精一杯の、やさしい言葉を投げかけてみたい思いにかられ、懸命に頭をひねって、

「僕、あき坊のトランペット、ものすごう好きやねん」

と言ってみた。ほかに適当な言葉が浮かんでこなかったからである。だが、そんな

言葉を口にしただけで、私はひどく興奮してしまい、その夜いつまでも寝つけなかった。

肩口が寒くて、私は自分の脱いだセーターを首のところに巻きつけてみた。膝(ひざ)から下がひどく冷たくて、私は蒲団の中で身を丸め、息をこらし、隣に寝ているあき坊の軽いいびきを、聞いていた。正月の、夜更(よふ)けの寒風の中を誰かが歩いていた。足音は突然乱れ、どさりと倒れる音がして、それから二、三人の笑い声があがった。道にはすでに氷が張っているらしく、通りかかった男が滑って転んだのであった。遠ざかっていく笑い声の中に埋もれるようにして、私はうとうと眠った。

ふと目がさめた。しばらく痺(しび)れていた感覚が、だんだんはっきりしてくるにつれて、腰のあたりが生温かくなってきた。私は手を自分の尻(しり)のところにやった。自分が寝小便をしてしまったことに気づくと、私は慄然(りつぜん)として起きあがった。幼稚園のときに、毎夜のようにしくじってしまう私をみかねて、母は有名な鍼灸師(しんきゅうし)のところにつれて行った。長い針の一刺しで、それはぴたりとなおってしまい、それ以来、私は寝小便などしたことはなかった。

どうしよう、どうしようと、私はかなりうろたえながら考えていた。夜が明けかかり、灰色の光線が、どこかから届いてきていた。そのうち、体は冷えきり、さらには蒲団の濡れた部分が、耐えられない冷たさで、私の下半身を包み込んできたのだった。私は誰にも知られたくないと思った。私は濡れそぼった寝巻を脱ぎ、丸めて枕元に置いた。もう少し明るくなったら、さっさと服に着換えて、いかにも早く目醒めてしまったふりをして起き出して行こうと思った。だが、この濡れた蒲団はどうしたらいいだろう。私は下着一枚のまま、再び蒲団にもぐり込んだ。そうやって、自分の体で、寝小便のあとを暖め始めたのだった。ひっきりなしに震えに襲われた。小学校の五年生にもなって、なんて恥かしいことをしてしまったのだろう、そんな思いが、私を悲しく情けなくさせていた。みんな、どんなに私のことを笑うだろう。いや、誰に笑われても、あの男にだけは笑われたくない、そう思うと、もういてもたってもいられなくなってきて、必死で、誰にもばれずにすむ方法はないものかと、考えをめぐらせた。だがどうにも思い浮かばなかった。私は頭からすっぽり蒲団をかぶり、濡れた敷蒲団の上に丸まって泣いた。むしょうに悲しかった。男の意地悪な笑い顔が心に迫ってくるのだった。私は歯をくいしばって声を殺したが、嗚咽はあとからあとから喉元を伝ってこぼれ出て来るのだった。

不意に、蒲団の上から体を揺すられて、私は慌てて顔を出した。あき坊がびっくりしたような顔つきで覗き込んでいた。

「どうしたん？　なんで泣いてるねん？」

私は泣きじゃくりながら、寝小便をしてしまったことを小声で話した。

「そんなん、かめへんがな。誰も怒ったりせえへんよ」

「おばちゃんやあき坊に判ってしもてもかめへんけど、僕、あいつにだけは知られとうないんや」

私は隣室を指差し、まるで幼児みたいに、顔を歪めて泣きつづけた。あき坊は、私を自分の蒲団に移させた。そして、濡れた蒲団を折り畳み、肩にかついだ。

「ちょっと、待っときや」

そう囁いて、寝巻姿のまま、まだ明けやらぬ、凍てついた戸外に出て行った。いったいどこへ行ったのか見当もつかなかったが、私は、あき坊の体温の残っている暖かい蒲団にくるまり、なぜかぐったりと安心しきって、彼が帰って来るのを待っていた。かなりたってから、ドブ板の上を小走りでやって来る、あき坊の下駄の音が聞こえた。からころ、からころという音は次第に近づいてきて、家の前で停まった。

あき坊はどこから調達してきたのか、別の蒲団をかついで帰って来た。それを元の場所に敷き、丸めてある寝巻を洗濯場に持って行った。私はその間ずっと、あき坊の顔を見ていた。あき坊の口からは白い息がこぼれていた。彼はときどき私を見て微笑んだ。

「きょうから、もう仕事や」

そう呟くと、あき坊は私を自分の蒲団に寝かせたまま、敷き直した蒲団にもぐり込んだ。私はそのまま、湯の中にひたっているような思いで、目をつむった。だから、私の寝小便は、男にも叔母にも、知られずにすんだのだった。

私たち一家は、それからまもなく、大阪の福島区に移った。父も新しい仕事の糸口をつかみ、親子三人は何とか一緒に暮らせるようになった。

二年程たった、よく晴れた元日の夕刻、あき坊がひとりで年始に訪れた。父は封をあけたばかりの上等のウィスキーを、あき坊にふるまった。父も母も私も、あき坊が酒を飲む場面を一度も見たことがなかった。

「男やから、多少は酒でも飲めんとなァ」

父はそう言って、グラスについでやった。改まって年の始めの挨拶(あいさつ)をするでもなく、あき坊はつがれるまま、ウィスキーのグラスを傾けていた。どれほど飲んでも、いっこうに崩れなかったし、顔にも出ないのであった。「おい、明彦。これは酒ぞォ。水やないけん、そんなに飲むやつがあるかァ」

愛媛生まれの父は目を丸くし、思わず古里の言葉でウィスキーを取りあげた。あき坊は照れ臭そうに笑い、それからぽつりぽつりと、年始にかこつけて訪れた、その本当の目的を話しだした。結婚したい女がいて、相手も承諾してくれているが、先方の親がやはり自分の出生に関してこだわっているということだった。

「おう、わしにまかせとけェ。わしがちゃんと貰うてきてやるけん、大船に乗ったつもりで、待っとれェ」

父は心から喜び、よかった、よかったと言って、あき坊から取りあげたウィスキーを、自分ひとりで飲んでいた。

「あの阿呆はどうしとる？」

父は叔母のことを訊いたのだが、あき坊は、

「あの人、このごろはもう殆ど、家には来んようになりました」

と、男のことをさして答えた。

帰りがけ、あき坊は、私の大事にしていた「唸り凧」を持って、表に出た。元日の、静まりかえった夜の街に立って、彼は凧をあげた。冷たい風が吹きまくっていた。黯い空のどこかで、唸り凧の、びゅんびゅんと唸っている音がしていた。糸だけが、虚空のある一点までかすかに見え隠れしているのだが、凧は、夜空の彼方に吸い込まれて、どこで唸っているのか、私たちの目には映らなかった。あき坊は初めて歓びとい

うものを体に表わし、しかもそれを凧に託して、彼流の仕草で、はしゃいでみせたのだった。

私は正月がくると、くぐもったトランペットの音色と、凍てついた早朝の道を蒲団をかついで帰ってくる、からころ、からころという下駄の音と、夜空のどこかで唸っていた唸り凧の、どうにも押さえることのできない歓びを代弁していたような勇壮な音を思い出す。正月を迎えるたびに、私は必ずその三つの音を思い出すのである。

葬儀の日、最後の別れのためにあけ放たれた棺(ひつぎ)の中の、軽く口を開いているあき坊のきれいな顔を、私はいつまでも見ていた。誰かが、「あき坊」と叫んで泣いた。私は、あの早朝に、どこでどうやってあき坊が、濡れた蒲団を新しい蒲団と交換して来たのか、ついに訊いてみることのなかったことを残念に思っていた。それはもうどうでもいいことなのに、それでも折にふれて私の中でむしかえされる、解けることのない、苦(にが)い切ない謎(なぞ)である。

力道山の弟

私の手元に〈力道粉末〉とゴム印を捺された小さな紙袋がある。薄いハトロン紙で作った縦十センチ、横五センチのその袋には、〈力道粉末〉という名の薬が入っていたのだが、中身はとうに捨てられ、茶色くにじんだ袋のへりはすりきれて、あちこちが破れかけている。

この袋は、父の遺品の中に混じっていた。父が日頃使っていた手文庫の底に埋もれていたのである。

手文庫には、父の眼鏡、入れ歯の替え、幾つかの三文判、セルロイドの三角定規、ゼンマイを巻けばちゃんと動く古い腕時計、ただの紙きれとなった何枚かの株券と約束手形、私や母の知らない人から届いた葉書、もう随分昔に倒産した会社の定款の写しが入っていた。

それぞれに父のどんな思い出が蔵されているのかは別としても、一見、それらはたいした品物ではない。しかし、それらの下に、とりわけ大事そうに、折った半紙に挟み込まれるようにして、〈力道粉末〉の空き袋はしまわれていたのだった。

　私は、その薄っぺらな袋を目にしたとき、思わず、あれっ？　と声をあげた。私の心に、十一月の終わりの寒風の吹きまくる駅前広場がひろがった。その〈力道粉末〉なる怪しげな薬を買って帰ってひどい目に遭ったのは、小学校五年生だった他ならぬ私自身で、昭和三十三年のことである。

　私が父の手文庫の中から、その袋をみつけたのは、父が死んで七、八日たったころで、何か金目のものはなかろうかと、あさましい魂胆で物色したときだったので、もう二十年も昔のことになる。つまり、〈力道粉末〉の空き袋は、私の手からいつのまにか父へと渡って十年、そして再び私の手元に戻って、約二十年たっている。私は、その袋を、一冊の詩集に挟み込んだまま、二十年間本棚の隅に保存してきた。しかし、いま、ひとりの人間の幸福な門出を目前に控え、私は、どうでもいいような過去を抹殺するために、この薄っぺらい一枚の袋に火をつけ、灰皿の中で焼いてしまうことにする。あの日の、父のあらぶる心と悲哀にそっと手をそえて、

「お父ちゃん、悦ちゃんがあした結婚するんや。相手は、神戸で寿司屋をやってる男やけど、結婚する前から、もう悦ちゃんの尻に敷かれとるわ」

　と言いながら。

それにしても、どうして父は、この一枚の袋を捨てずに、大切に取っておいたりしたのだろう……。

父の友人であった高万寿（こうまんじゅ）の妻が、尼崎（あまがさき）の玉江橋の近くに麻雀（マージャン）屋を開店したのは、昭和三十年だった。開店にこぎつけるにあたっては、父の裁量や資金作りのための奔走があったらしい。

高万寿は、中国の福建省出身の商人で、日中戦争が始まる直前まで、神戸に事務所を持っていた。戦前、対中国貿易で財を成した父とは親友で、日本人女性と結婚したのだが、日中戦争勃発（ぼっぱつ）の数日前、妻を残して中国へ帰り、それきり消息は絶えたのである。

高万寿の妻は、市田（いちだ）喜代といい、いつも化粧気のない小作りの顔の中にそばかすが散った、無口な人だった。両親に幼いときに死別し、いろんなところでいろんな苦労をして大きくなったそうである。この言い方は、まったくそのまま、父の説明を再現している。

私は、幼少のころから、彼女を喜代ちゃんと呼び、いろんなところでいろんな苦労をして大きくなった人なのだという目で、喜代ちゃんを見つめたものであった。そして、どんな場所でどんな苦労をしたのかを、子供心にいろいろと空想したことがあった。

喜代ちゃんは、神戸の料亭で仲居として働いていたとき、高万寿と知り合い、父があいだをとりもって、当時二十六歳だった中国人と結婚したが、時局が時局だけに、籍は移さず、内縁の妻として二年間、結婚生活をおくった。高万寿と喜代ちゃんとのあいだに子供はなかった。

阪神電車の尼崎駅は高架工事が始まり、基礎工事のための杭打ち機が、駅前の広場に強い震動を伝えていた。三、四日降りつづいた雨のために、広場はぬかるみ、正月に近い冬の風が、広場の周りに植えてあるポプラの裸木をしならせた。いつまた雨が落ちてくるのかわからないような灰色の空の下を、仕事にあぶれた日雇い労務者とか、リヤカーを引いた朝鮮人の老婆とか、学校帰りの中学生たちが、広場を行き来していた。

角帽をかぶった青年が、重そうな外套を脱ぎ、木を組んでそこに黒板を取りつけ、大声で、みなさん、こんにちは、と言って頭を下げ、みなさん、どうかお集まり下さいと、もう一度、深々と礼をした。

「私は、京都大学工学部の学生であります」

青年はそう言って学生服のポケットから学生証明書を出し、取り囲んでいる人々に見せた。見せたといっても、一瞬のことで、誰も証明書の字なんか読み取る暇もないうちに、それは青年のポケットにしまわれてしまった。

彼は黒板にチョークで掛け算の問題を書き、これを五秒で解ける人はいるかと訊いた。三桁の数字が三段並んでいる掛け算である。

「この程度の掛け算を五秒で解けないようでは、日本の経済復興に取り残されるのは必定でありましょう」

と青年は言い、ふいに私を指さすと、

「きみ、きみは何年生だ？」

と訊いた。とにかくどういうわけか、私は、いろんな大道芸人の目にとまりやすいらしく、毒蛇に嚙ませた傷口に塗る薬をおでこに塗られたり、カミソリの刃に、輪にした紙を載せ、さらにそこに青竹を載せて、紙を切らないまま木刀で青竹だけを割る秘術の実験者に指名される。またそれが楽しくて、私は、学校がひけると、駅前の広場に走っていくのである。

私は、

「五年生」

と答えた。

「きみは、いま何桁の掛け算を習っているの？」

私は三桁と答えた。

「ならば、きみには、この高度数学解読法をもはや手中にする資格があるのだよ」

と青年は大声で言い、私にチョークを手渡し、解いてみろと促(うなが)した。私は算数が苦手だったのと、次第に数の増えた人々の視線が恥ずかしくて、

「五秒でなんか解かれへんわ」

と言った。青年は笑い、私の頭を撫(な)で、

「恥ずかしがることはないんだ。解けないのはきみだけではない。ここに集まった紳士も奥方も、スリもチカンも、この問題を五秒でたちどころに解ける者などいないのだ。いたら、お目にかかりたい」

そう言って、人々を笑わせ、私に芝居がかった身振りで耳打ちしたが、実際には何の言葉も発しなかった。そのあと青年は三桁の数字の下一桁を縦に足していくように大声で指示した。すると問題は解けてしまった。

「掛け算も割り算も、さらには、連立方程式も、いや微分も積分も、いやいやアイン

シュタイン先生の発見した相対性理論も、結局は、じつに単純な足し算と引き算の連関操作にすぎないのであります」

青年は、幾つかの難しい問題を黒板に書き、五秒か六秒かで解きつづけ、一冊の本を出した。

「さあ、お父さん、お母さん。この本を読めば、頭の悪い子供にもう家庭教師など必要はない。赤にかぶれた月給泥棒の教師の顔は青くなる」

一冊百円の本は、二十冊近く売れ、青年は商売道具をしまい、角帽を大事そうに鞄に入れてから、煙草を吸いながら、どこかへ去って行った。

黒いシャツの上に大きな茶色い格子縞の背広を着た男がやってきて、突然、寒風の中で服を脱ぎ始めたので、散りかけた人々はまた集まった。パーマをかけた短い頭髪を後ろになでつけた色の浅黒い男は、黒いタイツ一枚になり、隆起した筋肉を誇示して、腕を廻したあと、鞄から煉瓦や五寸釘や出刃包丁を出し、行き過ぎようとしている人間を呼び停めた。

「きみは、急用でもあるのか」

呼び停められた人は、ぽかんと男を見つめる。そのたびに、男は手招きし、

「ひとりの男が、衆人の前で身をさらし、恥をしのんで今日一日の糧を得ようとして

いるのを、きみは黙殺して、自分だけの人生に生きようとしている。きみはそれでも血の通った人間か。私は乞食ではない。乞食以下なのだ。日本の英雄である兄の名に汚名をきせ、五尺七寸二分のこの身でもって、自分だけではなく、日本国民が誰ひとり知らぬ者のない兄の生き恥をもさらしている。来なさい。こっちへ来て、しばし、ひとりの人間の、哀しい生き恥とつきあってみたまえ」

と言うのだった。男は、力道山に生き写しだった。私は、テレビで観た力道山の顔を頭に描きつつ、男を見つめた。男は、自分を取り囲んだ人々の数を確かめてから、煉瓦を空手チョップで割った。そして、ふんと鼻を鳴らし、割れた煉瓦をいまいましそうに足で蹴った。

力道山そっくりやんけ、とか、力道山がなんでこんなとこにおるねん、とかの声が、あちこちで起こった。

「いかにも、私は力道山の弟です」

男は、幾分顔を伏せ、そう言ったあと、

「私はプロレスの厳しい練習に耐えられず、兄のもとから逃げだして、こうやって大道芸に身をやつした」

とつぶやいて泣いた。ざわめきが、広場に集まった人々の口から洩れた。私は、体が熱くなった。力道山の弟が、いまここにいるということに興奮したのだった。

高名な兄の名を軽はずみに口にすべきではないが、兄に、もう俺とお前とは、兄でもなければ弟でもないと縁を切られ、各地を流浪(るろう)すること二年、ついに生きる術(すべ)を失ってこの所業に至った。男はそう説明した。

「兄には、無敵の空手チョップ。私には、兄にもまさる肉体。しかし、肉体だけでは、シャープ兄弟には勝てない。鉄人ルー・テーズの敵ではない」

男は五寸釘を持ち、それを両方の指で曲げて折った。すると、私の近くにいた痩(や)せた老人が、

「アホクサ！」

と怒鳴ったので、群衆は口を閉ざして、その老人を見つめた。

「力道山の弟？　アホぬかせ。力道山に弟がいてるなんて、わしは聞いたことがないわ。お前、警察に訴えるぞォ」

しかし、力道山の弟は少しも動じず、

「私が、力道山の弟ではないという確たる証拠をお持ちか」

と老人に訊いた。

「わしは、難波球場の近くでホルモン焼き屋をやってるんや。力道山がときどきわし

の店に来てくれる。お弟子さんをぎょうさん連れてなァ。わしは、力道山とは親しいんや。わしは力道山とは、あの人がプロレスラーになって以来の友だちや。わしは、いっぺんも、あんたを見たこともないし、力道山の口から、絶縁した弟の話題も出たことはあらへんのや」

「難波球場の近くのホルモン焼き屋？　ああ、福助という店だな」

と力道山の弟は言った。老人は、口を尖らせ、ちらっと周りを見やってから、

「そうや、福助や」

と言った。群衆のあいだで、再びざわめきが起こった。風が強くなり、夕暮れに近づいて寒さも増したが、誰も立ち去る者はいなかった。

「私は、弟として、ずっと縁の下の仕事をしてきた。私と兄とが、あまりにも似ているため、あえて私は、兄と行動をともにするのを避けたのです。あなたのことは兄から聞いています。難波球場の特設リングで試合をするときは、必ず花輪を届けて下さる福助のご主人は、丹波文造さんだ。あなたが丹波さんですか」

老人は茫然とした表情で、力道山の弟を見ていたが、やがて顔を歪め、目に涙を溜めた。

「そうや、わしの名前は丹波文造や。わしはいっつも花輪を贈ってるでェ」

「まさか尼崎の駅前で、丹波さんとお逢いするとは思いませんでした。どうか兄には黙っていて下さい」

老人は、本当に泣いていた。その涙は、群衆の幾人かにも伝わって、目頭を指でぬぐう人たちを私は見た。老人は、足早に去り、その老人に深く頭を下げつづける力道山の弟の肩が、寒空の下で艶やかに光っていた。

力道山の弟は、気を取り直して、商売を始めた。額で石を割り、五寸釘を何本も折り、そして私に目をやると、

「坊や。青びょうたんのようだな」

と言った。私は、体を固くさせて、はいと答えた。実際、私は体が弱くて、友だちから「青びょうたん」というあだ名を冠せられていたのだった。

「これを服みたまえ」

力道山の弟は、鞄から小さな紙袋を出した。〈力道粉末〉とゴム印が捺されている。力道山の弟は、〈力道粉末〉こそ、じつは兄である力道山が、台湾の漢方医に特別に作らせた秘薬であると説明し、スプーンで袋の中の褐色の粉をすくって、私に口をあけろと命じた。

私は、多くの人間たちの中から選ばれたことが嬉しくて、精一杯口をあけ、力道山

の弟がスプーンで入れてくれた苦い粉薬を服んだ。

「六十分三本勝負で、いったいどれほどのエネルギーが必要か、みなさんにはおよそ見当もつかんでしょう。五千八百カロリーですぞ」

私は、舌に残った耐えられないほどの苦さを表情に出さないようにして、力道山の弟に視線を注いでいた。その浅黒い肉厚の額には、無数の傷跡が刻まれ、胸の筋肉も、やや太鼓腹の胴体も、何もかもがテレビで観る本物の力道山とそっくりであるのに驚嘆した。

高架工事の杭打ち機の音がやみ、勤め帰りの人々で、群衆はさらに数を増した。私は、力道山の弟から五寸釘を渡され、それを指で曲げてみろと言われた。

「いかに〈力道粉末〉に秘力があっても、物には道理というものもあるのだ。この青びょうたんの少年に、五寸釘を折れるかどうかは保証の限りではない。しかし、みなさん、五寸釘に何の変化も起こらなかったら、私に石でも何でも投げつけるがよろしい」

力道山の弟は、私に、思い切り、指で五寸釘を曲げてみろと言った。私はそうした。五寸釘は難なく真ん中からくの字に曲がった。

長患い（ながわずら）の亭主に悩むご婦人はいないか。この〈力道粉末〉を服ませれば、三時間後には久しくごぶさたしていた夫婦の娯しみが訪れるだろう。力道山の弟がそう言うと、人々は大きな声で笑った。彼は、さらに、〈力道粉末〉の効能を述べつづけたが、私は群衆をかきわけて、広場を西へと走り、商店街を抜け、路地から路地を曲がり、長屋の板塀をくぐって、私たち一家の住む平屋の借家へ帰った。

私は、力道山の弟が袋を鞄から出した際、〈一袋五日分・二百円〉と書かれた紙を目にしていた。私は、夕飯のしたくをしている母のエプロンをつかみ、二百円ほしいとねだった。

「何を買うんや。二百円もするもんを、ただほしいほしいだけでは買うてやられへんで」

早く引き返さないと、力道山の弟は商売を終えてどこかに姿を消してしまうだろう。そう思って焦っている私は、

「力道山の弟が、薬を売ってるんや」

という言葉以外出てこなかった。二百円あれば、商店街の洋食屋で、目玉焼きの載ったハンバーグが二人前食べられる。母はそう言って、とりあってくれなかった。どんなにねだっても、母はお金をくれず、千切り大根の煮具合を見たり、味噌汁の中に入れる豆腐を切ったりした。

「駅前で商売をしてる人間が売ってるような薬なんか服んだら、お腹をこわして、えらいことになるわ」

と母は言った。

「どんな病気でも直るんやで。お母ちゃんの病気も直るわ」

「お母ちゃんは病気やあらへん。丈夫やないけど、病気とは違う」

「こないだ、眩暈がする言うて寝てたやないか」

「あれは、コウネンキショウガイ。お父ちゃんが心配ばっかりさせるから、普通の人より早ようにかかったんや。あれは病気やあらへん」

私は母の背中を突いたり、尻を殴ったり、最後は台所に正座して頭を下げて頼んだが駄目だった。ふてくされて表に出、絶対に不良になってやると私は思った。そうやって、長屋の住人が通り過ぎるのを、壁に凭れて見ていた。

冬の日が暮れてしまってからも、私は家に入らず、路地から路地へと音を立てて吹きすぎる寒風を避け、借家の南側の壁に凭れつづけた。母が私を呼んだ。私が動かないでいると、母は路地に出て来て、

「隠れてるつもりでも、窓に頭が映ってるで」

と言って笑い、父を呼んでくるようにと言った。

「喜代ちゃんとこで、麻雀をやってはる。きのう、やっと手形が落ちて、一段落やからな」

「ほんまに、あの人、力道山の弟やねん」

母は私の背を押し、

「お父ちゃんを連れて戻っといで」

と言った。私は、阪神国道に出、玉江橋へと歩いた。きのうが手形の期日でそれを落とすために金策に走り廻った父は、珍しく酒気を帯びず、遅くに帰って来て、精根尽き果てたように眠った。そして、きょうは昼近くに起き、ずっと喜代ちゃんの店で麻雀をやっていた。私は、十日後に、父がもう一枚の手形を落とさなければならないこと、それが落ちなければ父の会社はまた倒産することを知っていた。

私は、トラックが通るたびに揺れる喜代ちゃんの店の扉を押して中に入った。煙草のけむりで店内は白くかすみ、壁に張ってある点数表の数字が読めなかった。麻雀台は五卓あったが、どの卓も客で埋まり、順番を待つ客が、壁ぎわの長椅子（いす）に坐（すわ）っている。

私は父を捜した。父は一番奥の席にいた。私に気づいた喜代ちゃんが、よく通る細い声で、

「きょうは、お父ちゃんはなかなか帰られへんわ。えらいついてはるから」

と私に笑顔で言った。私は父のうしろに行き、丸椅子に坐ると、父のつき具合を調べた。ブー麻雀だったから、一局終わるたびに、店が発行する券で支払い、それを帰るとき帳場で金に換えるのだった。券は、煙草のいこいの柄で出来ていて、煙草の値段と券の値段は同じだった。

点棒を入れる小さな引き出しの下に、いこいの券はぶあつく積まれていた。私は、券の枚数をかぞえた。四十枚近くまでかぞえたとき、

「社長、この五筒(ウーピン)の切り方は、どうも匂(にお)うな」

と対面(トイメン)の男が言った。私は男を見て、あっと声をあげた。その声で父が振り返り、同時に男も私を見た。

「力道山の弟や」

と私は叫んだ。客たちはみんな笑い、力道山の弟も、

「おっ、お前、さっきの青びょうたんじゃねェか」

と言った。

「お父ちゃん、この人、力道山の弟やで」

私が父の上着を引っ張りながら言うと、父は、

「わしには、力道山の隠し子やて言いよったぞ。そのうち、ほんまの力道山になりすましよるかもわからんな」

と言って笑った。力道山の弟は、父の表情をうかがい、八筒を捨てた。

「出た、出た。それや。どうせ捨てるんなら、もっと早ように捨てたらええんや。お互い、らくになるのに」

父がそう言うと、力道山の弟は麻雀台を叩き、

「ちぇっ、これしか切れる牌がないんだよな」

とそれほど口惜しがってもいない顔つきで言った。一局終わったらしく、力道山の弟は何枚かのいこいの券を父に渡し、席から立ちあがると、長椅子に坐って順番を待っている男のひとりと交代した。私は、交代した男をいつまでもぽかんと見つめつづけた。それは、力道山の弟をにせ者よばわりした老人であった。

「きょうの稼ぎ、そっくりこの社長に持ってかれそうだよ」

力道山の弟は、難波球場の横でホルモン焼き屋を営んでいるはずの、丹波という老人の肩を叩いてから、喜代ちゃんにビールを注文し、トイレに入った。私は、牌をかきまぜている父の目を盗んで、いこいの券を四枚、そっとポケットにしまった。そして、便所に行った。力道山の弟は、服を脱ぎ、上半身をタオルでぬぐっていた。私を

見て、

「お前の親父(おやじ)さんかい？」

と訊(き)いた。私がそうだと答えると、それならばこの店の女主人は、お前のお袋さんなのかと質問した。

「違う。喜代ちゃんは、ぼくのお父ちゃんの友だちの奥さんや」

「奥さん……？　亭主は何やってんだ？」

「中国に帰ったきり、手紙もけえへんし、電話もかかってけえへんねん」

「中国から電話がかかってくる筈(はず)がねえだろう」

男は笑い、私の頭を大きな掌(てのひら)で撫(な)でた。私は、父から盗んだ二百円分のいこいの券を出し、〈力道粉末〉を売ってくれと頼んだ。

「お前、これ、ちゃんと親父に貰(もら)ったのか？　泥棒はいかん。スポーツマンシップに反する」

そう言ったくせに、上着の内ポケットから〈力道粉末〉を出し、四枚のいこいの券をひったくった。

「暑いのん？」

と私は訊いた。力道山の弟が、何度もタオルを水道の水にひたし、それで体を拭(ふ)きつづけていたからである。

「ワセリンを取ってるんだ。いつまでも塗ったままにしとくと、体がかぶれるんだよ。俺の肌は繊細でね」

体を拭き終え、服を着ると、力道山の弟は鼻唄をうたいながら、便所から出て行った。私は、袋から薬の粉を掌に移し、それを口の中に放り込んだ。広場で飲んだものよりも数倍苦くて、私は吐き出しそうになったが、水と一緒に服み下した。

便所から出て、しばらく父のうしろに坐っていたが、二百円分の券を盗んだことがばれないうちに家に帰ろうと考えた。

「しかし、おんなじ場所で二度と商売は出来んやろ」

と父がビールを飲んでいる力道山の弟に話しかけた。

「それどころか、物を売ったらずらからんといかんのや。そやのに、こいつときたら、雀荘をみつけたら、中に入らんとおられん性分や」

老人がいまいましそうに言った。

「何言いやがる、クソジジイ。てめえだって、牌の音が聞こえたら、自然にそっちへ足が向くんだろうが」

力道山の弟は、立ったままビールを飲み、老人に言った。

猛烈な下痢が始まったのは、夜の十時を過ぎて、蒲団にもぐり込んだころだった。私は便所に走り、蒲団に戻るたびにひどい腹痛で体を丸めて転げまわった。夜中の二時近く、食べた物を吐き始めたので、母が病院に行こうと促し、寝巻きを脱いで服に着換えかけたとき、父が帰って来た。

「盗みをはたらいた罰や」

父は言って、私の頭を平手で殴った。ズボンのポケットから、麻雀で勝った金を出し、その半分を母に渡すと、

「アホめ！」

と怒鳴って、枕や茶碗を壁に投げつけた。私は自分が叱られているのだとばかり思っていたが、やがて、そうではないことがわかってきた。父の異常な怒りの対象は、私ではなく喜代ちゃんだったのである。

その夜、私は十数回も便所に行き、一睡もできなかったので、父と母のひそひそ話をほとんど聞いたのだった。

「高さんとのあいだに子供でもいてたら、喜代ちゃんも、そんな魔がさしたようなことせえへんやろにねェ」

と母が言った。

「よりによって、あのどこの馬の骨やらわからん香具師と……。女はアホか。俺には、気が狂うたとしか思えん。力道山の弟やなんて言うて、わけのわからん粉を売ってる、薄汚い男と……。そんなに男のチンポが恋しかったら、なんで俺の勧めた男と所帯を持たなんだんや。高が日本に帰る筈がないやろ。中国は、共産主義の国になったんやぞ。そんな国で、高がどうやって生きていくんや」

「力道山の弟……。そう言うて日本中を転々としてる香具師……。喜代ちゃんが、そんな男と……。私、どうにも信じられへんわ。言い寄ってくる男は山ほどおったんやで。いっぺんでも、ふらふらっとその気になったこともなかった喜代ちゃんが……」

母はどうにも信じかねるといった口ぶりで言った。

力道山の弟は、広場に姿をあらわした日から三日間、喜代ちゃんの店の二階で寝起きしたあと、鼻唄まじりで、胸を張って出て行ったという。

私の知っているかぎりにおいて、あの力道山の弟は、尼崎の駅前広場にも、喜代ちゃんの店にも、二度と姿をあらわさなかった。そして、喜代ちゃんは身ごもったのだった。それがわかったとき、父は喜代ちゃんの店の麻雀台を叩きつぶし、麻雀牌を喜代ちゃんの体に、つぶてのようにぶつけ、長椅子を持ちあげて、入口の扉や壁や帳場をこわした。

通りかかった人のしらせで警官が駆けつけ、父は連れて行かれた。私は、阪神国道を挟んだ向かい側の電柱に隠れて、父が暴れている姿と、無抵抗なまま泣いている喜代ちゃんを見ていた。市電とバスがひっきりなしに通り、遠くには、ガスを貯蔵する巨大な円型のタンクが、冬の日に照らされているのを、私は寂しい風景として感じた。

夜ふけに警察から帰ってきた父は、うつらうつらしていた私を起こし、

「力道粉末の味はどうやった？」

と言って微笑み、母に酒を持ってこさせた。私は、喜代ちゃんの店で、いこいの券を盗んだことを涙ながらに謝り、喜代ちゃんは力道山の弟と結婚するのかと訊いた。

「力道山の弟か……。そんな人間はおらん。お前は、そんな人間を見たことはない。わかったな？　お前は、そんな人間を、尼崎の駅前でも見いひんかったし、喜代ちゃんの店でも見いひんかった」

父は私に噛んで含めるように言い聞かせ、

「喜代は、高の恋女房やったんやぞ。あの、純で一途な、前途洋々たる中国人が、命懸けで好きになった女や。高は、祖国を捨てても、喜代と結婚する気やった。そやけど、あの戦争は、祖国を捨てる選択すらできん戦争やったんや。高と一緒に暮らしだしたころの喜代は、いま咲いたばっかりの花みたいやった」

母の持ってきた一升壜を膝に載せ、自分で茶碗に酒をつぎ、
「喜代は、子供を堕ろす気はないそうや。あの氏素姓のわからん、ゆきずりの男の子供を、なんと本気で産むつもりや」
と父は言い、ふいに、獣みたいな吠え声をあげると、畳を何度も力まかせに拳で叩き、それをやめさせようとむしゃぶりついた母を殴った。

父の会社は、その翌年の二月に倒産した。私たちは尼崎を引き払い、父の古い友人を頼って岡山に逃げ、そこで五年間をすごした。

きっと母が、父に内緒でしらせたのであろう。私たちが岡山に居を定めて一年が過ぎたころ、喜代ちゃんから手紙が届いた。それは父の目に触れないまま、母の簞笥の奥深くにしまわれた。生まれた子供は女の子で、悦子と名づけた。尼崎の、元の場所で麻雀屋を営んでいる……。そんな文面だった。

私たちが大阪に舞い戻ってすぐに、喜代ちゃんは幼い娘の手を引いて訪ねてきた。けれども、父は二人に逢おうとはしなかった。仕方なく、母は近所の喫茶店で喜代ちゃんと逢い、近況を訊いた。家に帰って来て、母は父に恐る恐る報告した。

「子供の父親は、あれっきり、姿を見せへんけど、自分にはそのほうがありがたい……。喜代ちゃん、そない言うてたわ。店は、よう繁盛してるそうや」

その後、三年近く、母は父に内緒で、喜代ちゃんに金を工面(くめん)してもらっていた。その金を受け取りに行くのは、いつも私の役目だった。そのたびに、私は悦子を駅前の広場に連れて行って遊んでやった。

駅の周辺には、キャバレーやラブホテルが建ち、広場からは大道芸人の姿はすっかり消えてしまっていた。

悦子はよく喋(しゃべ)り、細かいことによく気がつく子だった。私の学生服のボタンが取れかけていると、私を広場に待たせたまま、家に針と糸を取りに帰り、広場のベンチでつくろってくれたりした。悦子は、広場にいると、ガスの貯蔵タンクが見えないので嬉(うれ)しいと私に言った。どうして嬉しいのかと訊いても、悦子はその理由を上手に言葉にはできなかった。

「ぼくも、あのでっかい丸いタンクが嫌いや」

「なんで？」

「あれを見てたら、寂しいなんねん」

悦子はしばらく考え込み、

「うちも寂しいなんねん」

と言った。

喜代ちゃんが子宮癌で死んだのは、悦子が九歳になったばかりのときだった。そこでやっと、母は父に怒鳴られるのを覚悟で、喜代ちゃんにしばしば金を用立ててもらっていたことを打ち明けたが、父は、予想に反して、「そうか」とひとことつぶやいただけだった。

孤児となった悦子を、子供のない夫婦の養女に世話したのは父である。明石の漁業組合に勤める父の古い友人夫婦で、地味だが実直で堅実な生活をしている中年の夫婦に貰われて、悦子は明石へ移ったが、そんな悦子を、父はときおり映画に連れて行ったり、何時間も環状線に乗って、大阪の街並みを見せたりした。けれども、そのことを、なぜか父は、私にも母にも内緒にしていた。

父は亡くなる三カ月ほど前、悦子と神戸の元町で食事をした。それもあとになって、悦子から聞いたのである。その際、自分には高万寿という中国人の友だちがいて、彼の事務所はこの近くにあったと話し始めたそうだ。頭のいい、誠実な、男前の、素晴らしい男だったと言い、

「悦子のお母さんとも仲良しやったんや」

とつけくわえた。そして、いたずらっぽい目で悦子を見ながら、ポケットから五寸

釘を出し、それを指で曲げてみろと言った。もうじき十歳になる悦子は、首をかしげながら五寸釘を持った。それは少し力を込めただけでぐにゃりと曲がった。不思議がっている悦子に、

「これは鉄と違う。ハ、ハ、ハンダや。ハンダで作ったインチキな釘や」

とささやいて、悦子が気味悪く感じるほど、いつまでも楽しそうに笑ったそうである。

私の「優駿（ゆうしゅん）」と東京優駿（ダービー）

小説新潮スペシャルの五十七年春号から、私は「優駿」という小説の連載を始めた。題名が物語るように、競走馬の世界に材を求めた小説である。出版社の都合で、第二章からは「新潮」に三ヵ月おきに連載されることになったが、予定としては全部で八章、八百枚を越える作品になる筈である。だから、これからの二年間、私の心の中には、一頭の架空のサラブレッドが、ときにいななないたり、ターフを疾駆したり、その大粒な目にさまざまな色をたたえつつ生きつづけることになるだろう。一頭のサラブレッドに己れの人生の夢を託した幾人かの人々の物語ではあるが、主人公はあくまでも物言わぬ青毛の競走馬だということになる。

私と競走馬との出会いは、二十数年前にさかのぼる。小学校の五年生くらいだった私を、父はよく淀の京都競馬場につれて行った。当時は現在のような競馬ブームではなく、競馬場にはどこかのんびりした雰囲気があったように記憶している。父は勝つとタクシーで祇園のお茶屋にくり込み、私を年配の芸者にあずけて、自分は別室でどんちゃん騒ぎをやっていた。負けた日は京阪電車に乗って、とぼとぼと難波まで出て、小さな居酒屋で私を横に坐らせたまま焼酎を飲んだ。そういう人であった。裕福な時代も貧しい時代も、つねに気っ風のいい馬券の買い方をした。どんなときにも、競馬を遊びとして受けとめていて、決して馬券に溺れることはなかった。父はよく幼い私に「借金をした金で馬券を買って勝ったやつはいない」という意味のことを言った。その父の言葉が骨身に沁みて判ったのは、それから二十年たって、私自身が馬券にのめり込み、手痛いめに逢ってからだった。競馬に関する父の思い出の中で、いまでも妙にはっきり残っているのは、レースを終えて引きあげてくる馬に乗っているひとりの若い騎手を指差し「あいつは、いまに一流の騎手になるぞ」と言ったことである。珍しい姓だったので二十数年前の子供の私の心に刻みつけられたのであろう。タケ・クニヒコというジョッキーであった。父は死ぬ半年程前に、大学生だった私に千円札を三枚手渡し、あるレースの単勝馬券を買って来てくれと言った。その頃、父は事業に敗れ、無一文同然の境遇になっていた。私は梅田の場外馬券売り場に行き、落ちている予想紙を拾って、父の買おうとしている馬の名を見た。馬の名は忘れたが、騎手は武邦彦だった。私は場外馬券場の雑踏の片隅に立って、そのレースの始まるのを待った。そしてレースの実況放送を聞いていた。父の買った馬は楽勝して、千三百二十円の配当がついた。私はすぐにそれを金に換え、キタの盛り場で全部飲んでしまった。翌日、父は私に訊いた。「武は来たか？」。私は「あかんかった。三着やった」と答えた。「そうか、やっぱりない金で買うたら、来る馬もけえへんなァ」と笑った。私は恐る恐る父の顔を窺い、「けさの新聞、見ィひんかったんか？」と訊いてみた。父は「目も耳も悪なって、ラジオも聞かなんだし、新聞も見てない」と言った。その言葉で、私は自分の嘘がばれてしまっているのに気づいた。「俺がこの世で買うた最後の馬券や。最後を負け戦にしやがって、武のやつ、しょうのないやっちゃ」。父はそう言ってまた笑った。だが父は、競馬に関しては、最後を勝ち戦で飾ったことをちゃんと知っていたのである。そして、三万九千六百円の配当金を何に使ったのか、ひとことも私に聞こうともしなかった。

父が死に、何年かたって、私は「螢川」という小説で芥川賞を受賞し作家生活に入った。父が生きていたら、どんなに喜んでくれたことだろうと思い、風呂につかりながらひとしきり泣いた。そのとき、いつの日か、一頭のサラブレッドを主人公にした小説を書こうと思ったのだった。題はすぐに決まった。日本中央競馬会の発行する「優駿」という雑誌が頭に浮かんだのである。優駿――言葉の響きに、爽やかさと凛々しさがあって、しかもどこかに烈しいものを感じさせた。だが競走馬の世界を小説にするとなれば、まず私自身が、じっくりとその世界のことを勉強しなければならぬ。かなり面倒な取材を経て、充分に準備を整えたうえでスタートしなければ失敗してしまう。競馬をあつかったギャンブル小説なら、国内と言わず国外にも山程あるが、自分はそうではないものを、サラブレッドという不思議な生き物それ自体を書きたいのだ。そんな考えが、私を立ちつくさせた。うかつに手は出せない。そう思いながら何年かがたったのだった。

馬の美しさは不思議である。単純な、姿形や毛並の美しさなのではない。それは人為的に淘汰され、人智によって作りあげられてきた生き物だけが持つ一種独特の不思議な美しさなのである。そんな、サラブレッドの〝美しさ〟とその美しさが宿命的にたずさえている哀しさをたたえた湖水の上に、それぞれの人生を生きる人たちを浮かべて回転させていけば、もうそれでいいのではないか。そう思い到って肩の力が抜け、私はやっと「優駿」の第一章を終え、第二章を書き始めたところである。

さて優駿といえば、やはりダービーのことがまっ先に心をよぎる。私はどういうわけか、かつて一度もダービーの馬券をとったことがない。ところがオークスの馬券は逆に一度も外したことがないのである。タニノムーティエから買ったときも、タケホープからはいったときも、みんなそれぞれ一着に来ているのに、二着馬を外してしまう。まだサラリーマンだった頃、私はヒカルイマイから全部の枠に流した。〝取って損〟を覚悟で、とにかくせめて一度くらいダービーの馬券をとろうと思ったのである。ちょうどその日、私は出張を命じられて滋賀県と福井県の境に近い小さな町に行かなければならなかった。私は少し早く起きて、梅田の場外馬券売り場で、ヒカルイマイのいる五枠（わく）がらみの馬券をすべて買った（つもりであった）。仕事を済（す）ませたのが二時過ぎで、私はタクシーで琵琶湖（びわこ）畔を大津に向かって帰って行った。そしてテレビの置いてありそうな喫茶店を捜した。二軒目にのぞいた小さな喫茶店にテレビがあり、タクシーを待たせておいて中に入った。ちょうどゲート・インが終ってスタートをきったところだった。私は、ただ一心にヒカルイマイだけを見ていた。ヒカルイマイが来ればいいのである。ヒカルイマイからすべての馬券を買っているのだから。しかし、ヒカルイマイがこけたら皆こけたである。あの、他の馬がすべて停まって見えたような、ヒカルイマイの差し足で私は飛びあがった。二着に同枠のハーバーローヤルが来て、五―五のゾロ目馬券だった。ついに取った。五千幾らかの高配当である。私はタクシーに戻り、胸ポケットから馬券を出した。まず一―五の馬券を丸めてタクシーの中の灰皿に捨てた。二―五、三―五、四―五と丸めて捨てて、当たり馬券である筈の五—五の馬券を持った。ところがそれは五—六で、次は五—七そして最後の一枚は五—八だった。丸めて捨てた馬券を慌てて ひろげてみたが、五—五だけがない。よくある話である。ゾロ目の馬券だけ買い忘れたのだった。大津から国鉄に乗って、自分の馬鹿さ加減にうんざりしながら、ふと父のことを思い出した。父に嘘をついたその罰があたったと思えて、なぜか罪ほろぼしをしたような気がした。

と、ここまで書いて来て、私はいま電撃的啓示を受けた。私がダービーで馬券の軸にした馬は、ことごとく一着になったではないか。さすれば何を迷うことがあろう。単勝を買えばいいのだ。ひょっとしたら、ダービーに関する限り、私は単勝の鬼であるかもしれないのだ。ことしのダービーは××××××の単勝を買うぞ。

紫頭巾

ドブが薄く凍り、そこに映る月光の縁が、油膜の虹色と重なっている。園子の右手の指先は、氷を破ってドブにつかっているのだが、私たちは、それがときおり動くような気さえした。板塀の向こうで、四、五匹の野良犬が集まり、隙間から鼻を突き出したり唸ったりし、風がやむたびに生臭い匂いを放った。

「ほんまに死んでるんか？」

口を半開きにして安っちゃんは言い、うつぶせに倒れている園子の耳の近くで足踏みをつづけた。彼は、猿公が交番へ走って行ってから、ずっとそればかり言いつづけ、そのたびに私たちを上目使いで見やった。

「息、してへんがな。さっきからずっと。死んでるのにきまってるわ」

武本が、兄貴のお古らしいジャンパーの、長い袖で青洟をぬぐい、こわごわ園子の右側をやや横向けにしている顔をのぞきこんで、うわずった声でそう言った。

「これ、血ィやろ？」

私は、園子の鼻のあたりの、黒い付着物を指差した。

「血ィや、血ィや」

安っちゃんは、アスファルトの上の、ドブのほうに伸びているしみからあとずさりして、血ィや、血ィやと繰り返したが、あたりに街灯はなく、それが血なのか、誰かの立ち小便の跡なのかは、判別出来なかった。こんなとき、はしっこくてもっとも頼りになる崔が、永遠に去って行ったという余韻による昂揚は、十二歳の私たちを、真夜中の路上に転がる死体から逃げださせなかった。崔一家、金一家、日本人の妻と別れた尹正哲がいなくなった渡辺アパートは、玄関の鍵がかけられ、どの窓にも明かりはなく、寒風の中で廃屋にしか見えなかった。私の両親も、武本の父も、安っちゃんの母と兄も、新潟港へ向かう崔、金、尹を見送るため、国鉄の尼崎駅から大阪駅に行き、まだ帰ってこない。アパートの大家さんは、壁や窓ガラスに貼られた〈つぶせ！北の傀儡アパート〉とか〈あわれなり　売国・亡国の北朝鮮帰還組〉という手書きのビラをそのままにして、今朝から姿をくらましていた。

迷路状の路地を縫う強い風は、ときおり園子のスカートをめくったり、また元に戻したりした。

「遅いなァ……」

と武本は言い、ドブに沿って通りのほうへ五、六歩行きかけ、

「おい、帰ったらあかんぞ」

そう私に言われて、引き返して来た。

「猿公、交番へ行かんと、家に帰ってしまいよったんや」

安っちゃんが何回か声を震わせて言ったとき、自転車の音と、猿公のものらしいズック靴の、走って来る音とが聞こえた。

それから十分ほどして、パトカーが三台、路地の入口をふさぐ格好で停まり、警官が園子を中心にしてロープを張り始めた。私たちは風を避けて、尹正哲の持ち物だった鉄屑置き場の横につれて行かれると、二人の若い警官に懐中電灯で顔を照らされながら、刑事の問いに答えた。

「最初にみつけたんは誰や？」

「ぼくです」

と私は片手をこわごわ上げた。刑事は、私の名と年齢、それに住所と学校名を訊いて、手帳に控えた。

「何時ごろや」

私は、二十分ほど前だと思うと言った。

「きみが見たときは、もうあそこに倒れとったんか」

　私は、かぶりを振った。

「ここから出て来たんです」

　鉄屑置き場と渡辺アパートとのあいだの、人ひとりがやっと通れる隙間を指差し、園子はこの奥の長屋に住んでいる、そうつけくわえた。

「園子か……。公園の園やな」

「花園の園です」

　猿公が甲高い声で言い、言ったあと、私たちを不安そうに見やった。刑事に促され、警官のひとりが長屋へと走った。

「名字は？」

　私たちは誰ひとり、園子の名字を知らなかった。私は自分が見た光景を、緊張しながらも、懸命に述べた。路地へ出て来た園子は、うっ、うっ、という声を洩らし、通りのほうに向かったが、一度立ち停まって、引き返すかのように見えた。体の向きを変えようとしたとき、棒みたいに前に倒れた、と。

「ほかに誰もおらんかったか？　女のうしろとか横とかに」

「おらんかったと思います」

「思います？　それは、きみには見えんかっただけで、誰かがおったかも判らんちゅうことか？」

私は返答に窮し、検死官が園子をさまざまな角度から映すカメラのフラッシュを見つめて、うなだれた。

「あの人しか見えませんでした」

「何か音は聞こえへんかったか。たとえば、逃げて行くような足音とか、女が路地へ出てくるまでに、話し声を聞いたとか。こわがらんと、ゆっくり思い出してみィ」

私は、涙をこらえながら、聞こえなかったと答えた。

「きみら、もう夜の十二時を廻ってるんやぞ。子供が四人もつれだって、何のためにこのへんをうろうろしとったんや。きみらの家は、この一角とは違うやろ」

刑事の言葉で、再び私たちは顔を見合わせた。私たちは、尹正哲の鉄屑置き場に、ひょっとしたらまだ金目のものが残っているかもしれないと考え、それを盗みに行く途中だったのである。もし、銅線でもあれば、別の鉄屋に持って行って、買ってもらおう。夕刻、四人でそう談合し、それぞれの父や母たちが出かけたあと、このあたりではただ一軒、テレビのある武本の家に集まった。武本の母は、子宮の手術をして、まだ入院中だった。猿公はテレビの前に坐ったまま動こうとはせず、安っちゃんは安

っちゃんで、

「きょうは無茶苦茶寒いでェ。腹も減ったし、みんなが帰ってくるまで、ここにおろうや」

と言いはって、やぐら炬燵にもぐり込んだ。それで、やっと四人で、尹正哲のいなくなった鉄屑置き場に向かったのは、猿公と安っちゃんが目をしょぼつかせて欠伸を始めた十二時前だったのである。

「誰もおれへんようになったから、探偵してみようと思てん」

と猿公が刑事に言った。猿公は嘘が上手で、それでしばしば仲間外れになることがあったが、私たちは、そのとき彼の絶妙の嘘によって救われたのである。とにかく、安アパートと、バラックまがいの長屋が密集する地区は、ひと月近く、異常な状況がつづいて、刑事もこの夜の静寂の理由を知っていた。

「あれは日本人か」

刑事は、園子のほうに顎をしゃくって訊いた。私たちは、知らないと答えた。実際、園子が日本人かどうかは、知らなかったのである。

園子の住む長屋へ走って行った警官が戻って来、

「五世帯ありますが、そのうちの二軒は留守で、あとの二軒は、子供だけが寝ています。電気のついたままのが一軒あって、鍵はかかってないのに誰もいないんです。右から二軒目です」

と報告した。安っちゃんは、

「それが、あの人の家や」

と突拍子もない大声で叫んだ。刑事は、舌打ちをし、警官に、

「検死の結果を待って、殺しやと判っても、手遅れやぜ」

と耳打ちした。彼は、あらたに駈けつけた三人の刑事と何ごとか相談した。刑事たちの言葉は、断片的にしか私たちには聞こえなかったが、朝鮮総連とか、赤十字とか、新潟港という言葉がそれぞれの白い息に混じって、私の耳に届いた。

「厄介な置きみやげを残していきやがって」

その刑事の言い方は、まるで園子が、祖国へ帰るために今夜大阪駅から新潟へと向かった朝鮮人の誰かに殺されたと確信しているみたいだった。私はとっさに、仲良しだった崔勲の兄である崔圭一の、角張った顎と、短軀だが逞しい猪首や肩幅を脳裏に描いた。

「外傷はないみたいです。額のすり傷は、倒れたときのもんですね。ただ鼻から嘔吐物が流れ出ています」

検死官の意見を訊いていた刑事が、苛だたしげに時計を見た。私たちは、いっときも早く解放されたくて、刑事の顔を見あげた。近くの住人たちが集まって来た。その中から、私の父と武本の父とがあらわれた。私が泣きだすよりも先に、武本が、殆ど無人に近い長屋にまで響く泣き声をあげた。五世帯が住む長屋のうち、子供だけが寝ているのは、屋台のラーメン屋の二家族で、あとは園子の住まい、残りの二世帯は、同じ朝鮮人でありながら、北へ帰ることに決めた崔、金、尹たちといがみ合いつづけた呉一家、それに一人暮らしの李爺さんである。

私の両親が営むちっぽけなお好み焼き屋に場所を移して、刑事は私たちから調書を取った。帰りぎわ、刑事は、私の父に訊いた。

「大阪駅は、どんな具合でしたか」

「ごったがえしてましたなァ。北朝鮮へ帰る連中よりも、機動隊の数のほうが多いくらいで。右翼の宣伝カーは、駅前から動かへんし、まともな見送りなんかでけしまへん。ただの見送りの私らにまで、韓国系の連中は、『裏切り者』とか、『共産主義の亡者』とか怒鳴りまわしよる。祖国へ帰りたい気持は、どこの国の人間やろうが、当たり前のことやと思いますけどなァ……」

刑事は、くわえ煙草のまま、何度も頷き、

「新潟は、もっと大変でっせ。厳戒態勢や」

と言って出て行った。あと十日ほどでクリスマスだった。世間は岩戸景気とうかれてはいたが、サンタクロースは猿公と安っちゃんの枕辺(まくらべ)には訪れないのである。猿公こと猿渡佑士に両親はなく、十八歳の姉が二十一歳と偽(いつ)わって、阪神電車の尼崎駅近くのキャバレーで働いていた。安っちゃんの父は二年前に姿をくらまし、母親と、中学を出たばかりの兄が、近くの工務店に日雇いの形で雇われ、何とか生計をたてているのだった。

ブローカーと称しているが、いったい何のブローカーなのかはっきりせず、ただ最近、いやに景気が良くなった証拠に、テレビを購入し、外国製の時計を自分だけでなく妻にも買った武本の父が、突然、息子の頭を平手で殴った。

「こんな夜遅うに、何さらしとったんや。刑事に怪しまれたって言い訳のしようがないやないけ」

それまで無言で、飾ってあるまねき猫の横に坐っていた安っちゃんの母と兄が、ともにあかぎれだらけの手を伸ばし、安っちゃんの腕をつかんで帰って行った。安っちゃんの母は、崔圭一に金を借りていて、結局返すことが出来ず、その罪ほろぼしに、大阪駅に見送りに行ったのである。私の母が、

「もう一時半やがな。あした起きられへんで」

と言い、湯呑み茶碗を片づけはじめた。武本親子も帰って、猿公だけが残った。クラスで一番体が小さく、身体検査の際、いつも〈栄養要注意〉のスタンプを捺される猿公の、ちぢこまって椅子に腰かけ、床ばかり見つめるさまは、帰れと言われるのを恐れているかに思えた。

「猿ちゃんも、もう帰り。お姉ちゃんが帰って来たら、心配しはるで」

と私の母に促され、猿公は、爪を嚙みながら、

「姉ちゃん、きょうは帰ってけえへんねん」

そうつぶやいた。私は両親の顔色を窺い、

「崔は嬉しそうにしとった？」

と訊いた。本当は、猿公を今夜我が家に泊めてもいいかと頼みたかったのだが、すぐには言い出しかねたのである。

「私らが、なんぼ手ェ振っても、ひとつも笑えへんかった。あの、いっつもにぎやかな子ォがな。嬉しそうにしとったのは、お兄さんだけや」

と母は言い、口をへの字にして猿公を見やった。父は煙草に火をつけ、夕刊に目を通して、

「新潟は、どえらい騒ぎやなァ。北朝鮮帰還を記念して、朝鮮総連が植樹した柳の木ィが、右翼に引き抜かれたそうや。出航をひかえて、機動隊の数を急遽、千五百人に増やしたって書いてある」

と言って、金さんに貰った密造のドブロクを洗い場の上の天袋から出し、それをコップに注いだ。私には、右翼という言葉の意味も判らなかったし、北と南の区別もつかなかった。尹正哲が、なぜ日本人の妻と別れたのかに至っては、ただ、どうしてなのかなと思うばかりである。

「プロレタリアート、か……。なつかしい言葉やなァ。戦争前を思いだすがな」

そうつぶやき、新聞を四つにたたんで、お好み焼きの台に放り投げ、父は、ドブロクを飲んだ。母も疲れたらしく、父と向かい合って坐り、

「朝鮮人なんか見るのもいややと言うてた武本はんが、なんでまた親切に、私らと見送りに行ったりしたんやろ」

と訊いた。父は、何か言いかけ、ちらっと私と猿公に視線を投げると、

「猿ちゃん、泊まって行き。いつまでも話なんかしとらんと、さっさと寝るんやで」

母は仕方がないといった顔つきをして、ヘアピンで頭を掻き、

「早よう手ェ洗て。余分な蒲団はあらへんのやから、背中合わせで風邪ひかんように

して寝なはれ」

と言った。猿公は、にっと笑い、私と一緒に台所で手を洗い、店とは薄い板一枚で仕切られた三畳の間に行った。ひとつの蒲団にもぐりこみ、互いの体温で暖をとった。

「武本はなァ、崔の圭一に、しっぽを握られとったんや」

私たちに聞かせたくなかったのであろうが、頭を板のほうにして蒲団に入った私と猿公の耳には、両親の会話のすべてがよく聞こえた。私は目を閉じた。しかし、ドブにつかっていた園子の指先が、寒夜の幽暗に大きく動き、驚いて目をあけた。

「あの園子と、でけとったんや」

「えっ。武本はんが？　ほんまかいな、それ」

「そもそものなれそめは、圭一が仕組みよった。つまり、武本は、絵に描いたようなつつもたせに引っかかりよったんやな」

「あんた、それ、誰から聞いたん」

「金のおばばからや。崔の圭一は、園子と手を切るために、北へ帰りたいんや、そうに決まってるっちゅうてな。おばばは、日本語がまともに喋られへんけど、目ェ吊りあげて、園子のことを、蛭や、蛭や、て言うとった」

「ほんなら、やっぱり園子は」

その母の言葉を制するみたいに、

「それは警察が調べるやろけど、あとのまつりやろ。心配で寝られへんのは、武本や。自分と園子とのことを警察に知られたら、女房の焼き餅どころの騒ぎやあらへん。自分が疑われるんやから」

と父は言い、ふいに声を落とした。私は、少し首だけ動かし、枕でふさがれているほうの耳も使って、父の言葉に聞き入った。

「そやけど、どう考えてもおかしいな。圭一の乗った新潟行きの列車は九時前に出たんや。崔の一家が、赤十字の用意したバスで帰還者用の集合場所に行ったのは夕方や。園子は、子供らの話では、十二時ごろ長屋から出て来て、路地で倒れたんや。武本も、わしらと一緒に大阪駅に行き、一緒に帰って来た。殺す時間なんて、あらへん。とくに圭一は、両方のお国がお膳立てして、蛭みたいにへばりついてくる女の手の届かんところへ行ってしまうんやから」

「私、あの園子っちゅう女、なんやしらん気持悪かったわ。若いし、器量もええのに、愛想笑いのひとつもせえへんし、陰気やし、どんな仕事をしてるのかも判らへんし」

父が、一升壜からドブロクをつぐ音が聞こえ、

「ドブの横で死んでるのが園子やと判ったとき、武本のおっさん、立ってられへんく

らい膝をがくがくさせよった。お前が出したお茶を飲めへんかったんは、茶碗を持ったら震えてるのが刑事にばれるさかいや。見てておかしかったで」

という言葉で、話は一区切りついたようだった。隣の部屋に母が入って来て、蒲団を敷いた。すると、猿公が寝返りをうち、私の背に、胸と腹をくっつける格好で囁いた。

「園子はなァ、紫頭巾やったんや」

私は、一瞬、なんだか恐しい呪いの言葉を吹き込まれたような心持ちになり、体を固くさせて、襖の隙間で動く母の影を見ていた。

「ほんまやで。紫頭巾をかぶって、大阪駅の裏で占いをやっとったんや。ごっつうよう当たる占い師やってんで。大阪駅の裏の紫頭巾いうたら、みんな知ってるくらい有名やねん。人が死ぬ日まで当てるんや。サイコロを使って占うんやで」

猿公は、学校の休み時間に、「怪人キリマンジャロ」とか「魔法使い・蜘蛛女」とかのでたらめの題をつけ、即興で物語を創って聞かせるのが得意だった。表情豊かに、ときに目を恐しげにすぼめたり、歯をむきだしたり、素早く指で上の目蓋を裏返したりする。そうやって幾つかの登場人物に化け、声音も変え、次から次へと奇想天外な場面を創るのである。猿公の物語を聞きたい者たちは、彼を幾重にも取り囲み、教室の隅から廊下へ、廊下から階段へと移動する。話の面白さもさることながら、みんなは、どの課目も四十点以上取ったことのない猿公が、よくもこれだけ筋道立てて、それもその場その場で、物語を思いつくものだと感心するのだった。いつも猿公をいじめる連中も、そのときばかりは、猿公の話に聞き惚れるのだった。四年生の二学期から始まった「怪人キリマンジャロ」は、まだ結末に至らず、財宝を追うキリマンジャロと、名探偵・トンカツ博士との死闘はつづいている。いつまでたっても終わらないので、いつしかみんなは飽きてしまい、五年生の終わりごろから猿公の周りに集まる数が減った。すると、猿公は、出し物を変え「魔法使い・蜘蛛女」を語り始めたのだが、話の展開に窮すると、「怪人キリマンジャロ」に使った悪党どもを登場させたりするので不評を買い、いまはいったん中断ということになっていた。

「紫頭巾？」

私は、寝返りをうち、猿公と鼻がくっつくほどの間隔のまま、暗がりの中で猿公の目を覗いた。腹の鳴る音がした。自分のものなのか猿公のものなのか判らなかった。

「ほんまやでェ。俺、大阪駅の裏で、紫の頭巾をかぶって占いをやってる園子を見たんや。姉ちゃんが映画につれて行ってくれた日ィや」

襖があき、こらっ、話なんかしとらんと早よう寝んかいと父が叱ったので、私と猿公は慌てて体の向きを変え、背中合わせになった。私が頭を蒲団の中に入れると、猿公もそうした。

「嘘つき。また紫頭巾いう話を思いついたんやろ」

私は尻で、猿公の尻を押した。

「嘘と違う。ほんまに園子は紫頭巾やねん」

私は、だんだんおかしくなって、声を殺して笑った。笑いは、私の体を伝って猿公の背や尻を小刻みに打った。そのうち、猿公も笑いだし、蒲団にすっぽりもぐりこんだまま、互いの手の甲をつねり始めた。息苦しくなって顔をだすと、こんどは寝巻に着換えた母が、こらっと怒鳴った。

あくる日、学校から帰ると、路地のあちこちにパトカーが停まっていた。父は、やはり園子は誰かに殺されたらしいと言った。解剖の結果、園子の脳に内出血があり、後頭部には、拳で殴られたと思われる跡が認められたとのことだった。呉一家は、二日前の夜中に、争そう声を聞いたと言い、それ以来、園子が長屋から出入りする姿を見なかったと証言した。園子の住んでいた四畳半は隈なく調べられ、さらに詳しい解剖結果から、殴打による脳内出血は、すぐさま死に至るものではなく、徐々に進行し、その間、園子は頭痛や吐き気をこらえて部屋にこもっていたが、十二月十三日の十二時近く、ついに耐えられなくなって表に出、路地で倒れたものと断定された。

警察の聞き込み捜査がつづけられている夕刻、父は配達されてきた夕刊を、声を出して読んだ。

「日本よ、さようなら。北朝鮮帰還第一船、新潟港から出航。厳戒態勢の中、午後二時、クリリオン号とトポリスク号に乗った九百七十五人は岸壁を離れた」

父は、そこまで読むと、溜息をついて立ちあがり、大きく伸びをして、キャベツをきざんでいる母に、

「李の爺さんが、武本と園子とのことを警察に喋りよった。爺さんは仕事にも行かんと、崔圭一が殺したんやって、あっちこっちでまくしたてとったで」

とつぶやいた。

「李の爺さんと崔の親父は、半年前まで、兄弟みたいな仲やったのになァ」

私は新聞の写真を食い入るように見つめた。船のデッキで、花束を持ち、チョゴリを着て手を振っている若い女がいる。よるべない顔で紙テープをつかみ、父親らしい男に寄りかかっている少年がいる。学生服を着た高校生がいる。崔勲も、圭一も、尹正哲も、これらの人々の中にいるのであろう。私は、尹正哲の自転車のうしろに乗って、夏の暑い盛りの日、淀川まで魚釣りに行ったことを思い浮かべた。崔勲の投げる

ボールの、胸元で伸びる威力を思った。崔勲は、勉強などまるでやっていない様子なのに、いつもクラスで三番以下にさがったことはなかった。

「尹は、恋女房と別れとうなかったやろなァ」

「なんで一緒につれて行けへんかったんやろ」

母の問いに、父は答えなかった。店を閉めかけている私の家に夜遅く訪ねて来、長いこと泣きつづけた尹の妻の小造りな顔が脳裏に浮かび、私は通りのドブを見やった。風が強まり、道に砂埃の小さな竜巻を作って、それは板塀の横の路地へと走った。

刑事は、それ以後も四、五回、私の家にやって来た。武本の父は十日間警察から帰ってこなかったが、疑いが晴れると、三日もたたないうちに引っ越して行った。

園子が高知県の出身で、相当な蓄えがあったらしいと報道されはしたが、紫の頭巾をかぶって占い師をしていたという話は、界隈の誰の口にものぼらなかったし、新聞にも載らなかったので、私は猿公を、ことあるごとに、

「嘘つき」

とひやかした。そのたびに、猿公は口を尖らせて何か言おうとしたが、私に、笑いながら頭をこづかれると、自分もくっくっと笑い返し、

「お好み焼き、食べたいなァ。お好み焼き、食べたいなァ」

そう言って、私の顔色を窺うのである。

半年近くたった日曜日の昼に、猿公が、姉の芳子と一緒に、私の家を訪れた。日曜日は店は休みなので、多少不審な顔つきで父が戸をあけると、化粧気のない芳子の隣に立つ猿公が、私を見て顔を赤くさせた。芳子は、ときおり周りを気にしながら、お世話になったお礼の挨拶に来たのだと言った。私たちは、そのとき初めて、芳子と猿公が朝鮮人であることを知ったのだった。

店の中に入るよう勧められ、芳子は猿公と並んで椅子に坐ると、その顔に比して大きすぎるほどの目で、昼でも薄暗い店内を見廻した。母が蛍光灯のスウィッチを入れ、やはりいぶかしげに、

「どこへ引っ越しはるのん？」

と訊いた。芳子は、出発の日まで誰にも言わないでほしいと頼み、

「北朝鮮です」

そうぽつんと言った。猿公は、いつになく腫れぼったい目をきつくさせて、まねき猫ばかり睨んでいた。

「そんな気はなかったんですけど、自分の国に帰るほうがええんやないかって思い始めて。それに、この時期を外したら、もう永久に帰られへんようになりますから」

話をしているうちに、芳子には結婚を決めた男がいることが判ってきた。祖国への帰還は、その男の意志が大半を占めていたのである。男の名も、年齢も、どこに住んでいるのかも、芳子は言わなかった。

「それで、いつ発つんや？」

父が訊いた。

「船は、あさってです。そやけど私らは、きょうの夜にアパートを出て、赤十字の用意した会館に泊まります」

そして、芳子は列車の出発時刻を言ってから、船が出るまで、誰にも内緒にしておいてくれと念を押した。父は、心得ていると答え、猿公に、

「お好み焼き、焼いたろか。もう、いやっちゅうほど食べて行き」

と言った。猿公は何の反応も示さず、まねき猫を睨みつづけるばかりだった。

その日、私は、家から五百メートルばかり離れたところにある卓球場の前に行き、ガラス窓越しに、ピンポン球の飛び交うさまを見つめた。卓球場の二階はアパートになっていて、その一室に芳子と猿公が住んでいたのである。私は、家と卓球場とを何度も往復した。五度目に、卓球場の中を覗くと、芳子が、背の高い男と卓球に興じていた。その男を何度か見たことがあった。日曜日の昼下りの公園とか、駅前の広場と

かで、二人が腕を組んで歩いているのを目にしていたのである。私は、ガラス窓に額を押しつけ、猿公を捜したが見あたらなかった。卓球場の横の階段を昇って、猿公の住む部屋に行こうと何度思ったかしれない。けれども、私がそうしなかったのは、日本人だとばかり思っていた芳子の、それもあさって日本を去るという芳子の、奇異なはしゃぎ方に心を奪われたからだった。とにかく下手くそで、ゆるい球にラケットが当たらない。空振りすると、体をくの字にして笑い、やっと当たった球が隣の卓球台に飛んで行くと、ぴょんぴょん跳びはね、すみませーんと言って笑った。私は、芳子と男が、受付にラケットを返し、料金を払うのを見てから、家に帰った。

翌日、私は母と一緒に大阪駅に行った。右翼の宣伝カーも、北朝鮮へ帰る者たちを罵倒(ばとう)する人間もいなかったが、警官の数は確かに多く、あきらかに刑事だと判る男たちが、構内にも改札口にも、プラットホームにも見受けられた。新潟行きの列車の二輛(りょう)が、帰還者のための貸し切りになっていて、駅のどこかの待合室で待機していた一団が列車に乗ってしまうまで、他(ほか)の乗客も見送りの人々も、警官の指示する場所から動けなかった。私は母の肩をつかみ、何度も伸びあがって猿公を捜した。他の乗客が乗り込み、それからやっと、見送りの人々は貸し切り車輛の前に誘導された。窓越しに抱き合って泣いている人々のあいだを縫い、私は列車の窓を覗いて進んだ。母が私を呼び、手を振った。芳子と猿公は、プラットホームとは反対側の席に坐っていたので、私は気づかずに通り過ぎたのである。若い娘の殆どがチョゴリを身につけているのに、芳子は白い半袖のワンピースを着ていた。芳子の結婚の相手は、卓球場にいた男ではなかった。理知的な目がよく動く、気弱そうな青年だった。ふいに猿公の姿が消えた。彼は、列車の乗降口から顔を出し、私を呼んだ。私は何人かの警官の体にぶつかりながら、猿公のところに行き、

「怪人キリマンジャロの」

と言いかけたが、猿公が手すりをつかんで身を乗りだしたので、口を閉じて自分の耳を向けた。

「俺、嘘つきとちゃうでェ。紫頭巾はほんまやでェ。みんなに嘘つき、嘘つき言われるのは、かなわんわ」

と猿公は言った。

「ほんまに、園子は紫頭巾やねん。俺が紫頭巾を埋めたんや」

「埋めた？」

「うん。学校の裏門の、でっかいゴミ箱の横や。花壇があるやろ？ それとのあいだぐらいのとこや」

私が言い返す前に、猿公は自分の席に駈け戻り、発車するまで顔を反対側のホームに向けつづけた。列車が動いた瞬間、猿公は立ちあがり、にこりともせず兵隊を真似て私に敬礼をした。

意を決して、私が猿公の言った場所に近づいたのは、彼等の乗った船が出航した翌々日の放課後だった。花壇とゴミ箱とのあいだは、四十センチほどの幅しかなかった。前日の雨で、土は柔かくなっていた。私は周りに視線を配り、校舎を見あげ、三角定規で土を掘った。誰かが通りかかると、ランドセルで穴を隠した。泥にまみれて変色した布が見えた。一部分を指でつまみ、引っ張ると、意外に簡単に布は土の中から抜け出て来た。それはまだ紫色の部分を多く残していて、何かを包んであった。私は心臓をどきどきさせて、結び目をほどいた。小さな陶製の碗とサイコロが五つ、空っぽの財布が三つ、紫の長い布の中からあらわれた。私は手を震わせ、慌ててそれらを埋め直し、埋めたあとの土をズック靴で固く踏んだ。誰かに見られている思いに駆られ、ランドセルと三角定規を左右の手に持って、裏門から出た。空を見ると、また雨が降りそうだったので、様子を窺いながら引き返し、さらに強く土を踏み固めた。

私の愛した犬たち

「電車道で死んでる犬、お宅のムクちゃんとちがいますやろか？」

近所の薬屋のご主人が、真夏の早朝、私の家をそっと覗き込んで言った。私ははだしで走り出て、まっすぐに伸びる市電のレールの彼方をこわごわ見やった。レールから三十センチ程横の路上で、私の愛した一匹の生き物が死んでいた。体はまだ暖かく、柔かった。外傷はなく、おそらく市電ではなく自動車にはねられたのだろうと、薬局のご主人は呟いた。そして、自分の店から大きなダンボール箱を持って来てくれ、ムクの死骸をその中に入れるよう促した。ムクは父が秋田犬で母が柴犬だったからかなり大型で、そのうえ誰もがムクとは呼ばず〝おデブちゃん〟と呼ぶくらい太っていたので、私ひとりでは持ちあげることが出来なかった。薬局のご主人が下半身を持ち、私が上半身を抱き、やっとこさダンボール箱の中に納めることが出来た。ダンボール箱を満身の力でかかえあげ、ひとりよろよろと家への道を帰りながら、十九歳の私は、もう生涯二度と生き物は飼うまいと心に誓った。みんな死んでしまう。みんなこの世から消えていってしまうと思った。親に死なれて、もう生きるてだてのなくなった鳩の雛を自分の懐の中で育てたことがある。トウモロコシをつぶし、菜種をつぶし、米をつぶし、それらを混ぜ合わせ、水でミルク状にといてスポイトで与えた。

「お前の寝るとこはここやでェ」

といくら教えても、巣から出て私の懐にもぐり込んだ。だから、朝、目を醒ますと、私の胸は糞だらけで、母にしょっちゅう叱られた。やっと少し飛べるようになったある日、私は箪笥の上に雛を乗せ、部屋の隅に立って、

「さあ、思いきってここまで飛んでみィ」

と手を叩いた。雛は私めがけて飛んだ。だが少し遠過ぎて、途中で力つきた。そして落ちた。炭のおこっている火鉢の中に落ちたのだった。私は絶叫し、雛を助けようとしたが、なす術もなく、生きたまま焼けこげていくのを見ているしかなかった。

私が初めて飼った犬はデンスケという名の、片一方の耳は立っているのに片一方の耳は垂れているヘンテコリンな雑種だった。〝お手〟も〝お坐り〟も出来ないくせに、死んだ真似をするのが上手だった。小学校二年生の私が指鉄砲をつくり「バァーン」と声をあげて撃つ真似をすると、その場にばったり倒れ目を閉じるのである。他の誰がやっても駄目で、私の指鉄砲でしか死んではくれないのである。おとなたちは悔し

がり、私は得意で、そんなデンスケを可愛くて可愛くてしかたなかった。デンスケは川で溺れ死んだ。私は泣きながら、沈んでいくデンスケを見ていた。やっと長い物干し竿を持った父が駆けつけたときには、デンスケはもう再び浮かんではこなかった。二匹目の犬はマリという名である。小学校六年生の私が道で拾ってきたのだった。母はマリを見てびっくりぎょうてんした。もうあと二、三日で子供が産まれるという腹をしていたからである。母は、子供が産まれたら、必ず捨ててくるようにと言った。私は生まれて初めて、生き物が、母親の体内から出て来るさまに接した。私は一睡もせず、暗がりに隠れて、マリの体から四匹の仔犬が産まれ出る光景を見た。二匹は貰い手があらわれ、一匹は死んだ。残った一匹に、私はムクという名をつけた。必ず捨ててくるようにと言われたのに、私は母にすがって、マリとムクを飼ってくれと頼んだ。母はしぶしぶ許してくれた。ところが一ヵ月後、学校から帰ってくると、ムクの姿がない。

「さあ、どこへ行ったんやろなァ」

と母は言ったが、その言い方にはどこかにためらいがあった。私が必死でムクを捜していると、母がそっと近づいて来て一部始終を説明してくれた。近所に運送屋があり、道が狭いので、Uターンする際、いつも私の家の前にバックで入って来て、そこから右折する形で出て行くのである。その日も、運送屋の主人は「いっつもすんまへんなァ」と言いながら、車体をバックさせて来た。仔犬のムクが寝ているのに誰も気づかなかった。まるでボールが割れるような音がしたと母は言った。運送屋の主人が車体の下を覗き込むと、ムクの頭がふたつに割れていた。父はあることを思いつき、犬屋に行った。ムクとそっくりの仔犬を求めるためにである。泣いている私の前に、買物籠に入ったメスの仔犬が置かれた。私は父に、これはムクではないと駄々をこねた。私のムクを返してくれと。すると父は、私を殴った。ねんねみたいなことを言うな。死んだものが生き返るか！　きょうからこれがお前のムクだ。父が買ってくれた犬に、死んだ仔犬と同じ名前がつけられた。ところが、哀しい事態が発生した。マリが、狂ったように二代目のムクを噛み殺そうとするのだった。そのうえ不思議なことに、マリは自分の子が車にひかれる現場を見ていたわけではないのに、運送屋の主人に烈しく吠えつづけるのである。人のいい運送屋の主人は、目に涙をためて、

「カンニンしてェな。知ってやったんとは違うんや。頼むさかいカンニンしてェな」

と吠えられるたびにマリに両手を合わせて謝った。しかし、マリは、運送屋の主人を許そうとはしなかった。ついに父は、マリを知人に預かってもらったが、それからふた月後に痩せ細って死んだ。どんなおいしいものをやっても口にせず、衰弱死した

そうである。

死んだ仔犬の代わりとして我が家の住人となった二代目ムクは、たんわりとした犬であった。〝たんわり〟とは大阪弁で、おだやかなとか、のんびりしたといった意味で使われる言葉である。単におだやか、のんびりだけではない、もっと深いニュアンスの籠められた言葉であるが、私はそれをうまく説明することは出来ない。大阪弁には、そういう奥深い表現法がたくさんあるが、この小文の本題から外れるので、それには触れぬことにする。とにかくムクはたんわりした性格だった。決して怒らなかった。どんないたずらをされても、されるままになっていた。近所の人も、みんなムクを可愛がってくれた。泥棒が忍んで来たら、吠えるどころか、わざわざ戸をあけてやるだろうと言う人もいた。ムクは私が十二歳のときにあらわれ、七年後に死んだが、その間に二十数匹の子を産んだ。そういう時期が来ると、あっちからこっちから、オス犬がムクのところに集まってくる。父はムクを「大地の母」と称した。女の中の女だとも言った。「どんな男も受け容れて動じず」と言って笑ったこともある。ムクの産んだ子供の一匹は、誰も貰い手がつかず、仕方なくコロと名づけて育てた。母犬とは正反対の性格で、誰がどんな餌を与えて近づこうとしてもしっぽを振らない。私と私の両親にしか断じてなつかなかった。ムクはムクで可愛く、コロはコロでまたたまらなく可愛かった。けれどもコロは自分の母親よりも先に死んだ。病名は忘れたが、肝臓がウィルスに犯(おか)される病気で、発病して四日目に、青い液を吐いて私の膝(ひざ)の上で息を引き取った。私は泣き虫で、生まれて今日まで何回泣いたか判(わか)らないが、コロが死んだとき以上に泣いたことはない。

生涯二度と生き物は飼うまいと誓った筈(はず)なのに、十日前、私はビーグル種のオスの仔犬を買って来た。デンスケ、マリ、ムク、二代目ムク、コロにつづく六匹目の犬である。私の幼い息子たちに、愛するものを与えたかったからであり、生老病死という厳然たる法則を自然のうちに認識させたかったからである。

「風の王」に魅せられて

ことしの春から、「優駿（ゆうしゅん）」という小説の連載を始めた。一回が原稿用紙百枚で、三ヵ月おきに、八回から十回にわたって書きつづっていく予定だから、あるいは千枚を超える長篇になるかもしれない。

一頭のサラブレッドを主人公にした小説を書きたいと思うようになったのは、私が芥川賞をもらった五十三年の春頃からであるが、そうした思いは、ひるがえって考えてみると、二十五年前の、烈（はげ）しい吹雪に包まれて富山から大阪へと進んで行く立山一号の列車の中で芽ばえていたと言っていいかと思われる。新天地を求めて、大阪から富山へ移った父は、わずか一年で事業に敗れ、殆（ほとん）ど無一文の状態で再び大阪へ帰って行くことになった。その日、列車に乗る前、私は富山駅の二階にあった小さな本屋で、一冊の本を買ってもらった。「名馬風の王」という、アメリカの女流作家が少年少女のために書いた物語で、サラブレッド三大始祖の一頭であるゴドルフィン・アラビアンの数奇な生涯を、伝説と作者の想像とを絡（から）め合わせて描きだした小説だった。私は十歳だったが、子供心にも、父が夢敗れて大阪へ帰ること、行末を案じて母が暗い顔をしていることをはっきり感じ取っていた。父も母も、降りしきる雪ばかり見つめて無言だった。そうした状態の中で、「名馬風の王」を読んだのである。読み終えたのは、列車が京都に着く少し前だったように記憶している。私はそのとき初めて、サラブレッドという生き物を知ったのだった。十歳の私は感動した。馬が好きになった。サラブレッドとは、なんと神秘的な生き物であろうか。言葉にすればそれに近いような深い感銘をおぼえたのであった。

私たち一家は、それからも、尼崎、大阪の中之島、福島区と、転々と移り住んだ。引っ越すたびに貧しさは増していった。私は小さいときから本を読むのが好きだった。けれども、父はそんな私に、たった一冊の本すら買ってやれない境遇になっていったのである。だから、私が持っている本は「名馬風の王」ただ一冊だった。私は何度も何度もその小説を読んだ。書き出しの数ページと終りの数ページを、私は空で暗じられるようになった。いまでも、私はそれを誤たずに口にすることが出来る。それなのに、なぜか、アメリカの作者の名前をどうしても思い出せない。高校生のとき、私と母を捨てて、よその女のもとに走った父に対する憎しみを、私は父から買ってもらった幾つかの品物をすべてドブ川に放り投げることで晴らそうとした。万年筆、釣竿、顕微鏡……。その中に「名馬風の王」も入っていた。それらは青みどろと油の混じったドブ川の底に沈んでしまった。しかし、「壺の中の蜂蜜にお日さまが射したみたい」な、一頭の美しい鹿毛のことは、決して私の中から消えていかなかった。

父が死んで十年後に、私は「螢川」という小説で芥川賞を受賞し作家生活に入った。そしてある日突然、「名馬風の王」の最後の部分を思い出した。アラビア馬ゴドルフィンが天寿をまっとうしてこの世を去ったあと、持ち主であったゴドルフィン伯爵は、牧場の片隅に小さな石の碑をたてた。けれどもそこには「ゴドルフィンここに眠る」とだけ刻まれてあるだけで、その馬の功績は何ひとつ印されていなかった。牧場を訪れ、そのことを不審に思って質問する人々に伯爵は笑って答える。「どうしてあの馬の偉大な功績を刻んでおかないのかですって？　それは、そんな必要がないからですよ」。アラビア馬ゴドルフィンがどんな偉大な馬であったかを知ろうと思えば、競馬場に行けばいい。そこにはアラビア馬ゴドルフィンの血を受けた子供たちが、風よりも速く、ターフを駈けて行くのを見るだろう。それだけで充分ではないか。伯爵はそう言いたかったのだった。もちろん「名馬風の王」は小説である。そこには虚実が入り乱れている。だが、私は「名馬風の王」をドブ川に捨てた瞬間のことを思い浮かべるとき、あれほど憎んだ父の姿が殆ど同時に甦ってくる。するとなぜか、虚と実は、どちらも幻のように、どちらも現実のように、私の中で拡がって行くのである。

私は「優駿」の主人公を、ゴドルフィン・アラビアンの血をひく牡の青毛に設定した。現実には、ゴドルフィン・アラビアンの血はマッチェム系へと枝分かれし、その七代目のウェストオーストラリアンが最初の三冠馬となった。そしてオーストラリアンの四代目に、アメリカでマンノウォーが生まれ、二十一戦二十勝の戦績を残した。この系統はやがて日本にも伝わって来て、月友がいい成績を残したぐらいで、決して繁栄しているわけではない。だから、私が「優駿」の主人公を、ゴドルフィン・アラビアンの末裔としたのは、単なる私自身の、ゴドルフィンへの思い入れに過ぎないのであって、競馬関係者からは反論が出るかも知れない。しかし私は、それはそれでいいと考えている。一頭の競走馬を中心にして、それを取り巻いている人のそれぞれの人生をつづって行くことで、サラブレッドという生き物の不思議な美しさと哀しさをあぶり出せたら、小説は成功したと考えるつもりである。

この一文をしたためながら、私は父のことをまた思い出している。ことし三十五歳になって、私はやっと、父がなぜ、妻と子を捨てたのか判るような気がしている。私にとって、ありとあらゆる事柄は、すべて父の映像へとつながっていくのだが、「名馬風の王」という一冊の本もまた、私を父のふところにいざなってくれるのである。

父が、どんなに自分の妻を愛していたか、どんなにひとり息子を愛していたか、いま私には判る。あるいは私は、「優駿」という競走馬の世界をあつかった小説によって、父と子を描こうとしているのかも知れないのである。

三ヵ月おきに十回の連載となると、完成するのに三年かかることになる。三年間、私の心の中に、一頭の架空のサラブレッドが存在しつづけるのである。その一頭の馬に己れの夢を託した、生産者や馬主や、調教師やジョッキーの、人間としての歓びや哀しみを背景に、私の「風の王」が創り出せたらしあわせだと思っている。

小旗

父が精神病院で死んだ。危篤の知らせを受けてからも、ぼくは梅田新道の大きなパチンコ屋で閉店まで玉をはじいていた。そうか、親父は死ぬのかと何度も思った。死に目に逢いたいとは思わなかった。ぼくはパチンコ屋から出ると、ときどき友人と入ったことのあるおでん屋へ行った。金は少ししか持っていなかったが、ビール一本に、おでんを二皿ぐらいなら払えそうだった。店の主人は、ぼくの顔を覚えていたらしく、

「ちゃんと大学に行ってるのかいなァ？　ええとこに就職して、サラリーを貰うようになったら、なんぼでも飲み食いが出来るんやから」

　と多少小言めいた口調で笑った。

「こないだ、就職試験に落ちたんや」

　とぼくが言うと、

「あたりまえや。卒業出来るかどうかわからんような学生を雇うような会社があるかいな」

主人は空になった皿の上に大根と蛸を載せてくれた。どうやら主人の奢りらしかったが、ぼくは何も訊かず、皿に載せてくれたものを食べた。ぼくと母は、梅田新道から東へ少し行った太融寺というところにあるビジネスホテルで働いていた。母は地下の従業員食堂で賄い婦をやり、ぼくはボーイとして夜の七時から十一時まで働いている。母は本雇いだったが、ぼくはアルバイトで、四時限目まで講義を受ける金曜日は休みの日にあてていた。だがその日は金曜日だったが学校には行かず、昼から梅田の歓楽街をほっつき歩いていたのだった。

ぼくはおでん屋の主人に、父が危篤であることを言おうかと思ったが、たぶん怒鳴られるに違いないと考えて口をつぐんでいた。主人は、頬骨の突き出た、ほとんど菱形と言っていいくらいの顔をぼくに向けて、しきりに煙草をふかしていた。勤め人らしい一団が去ってしまうと、店には、ぼくと主人のふたりだけになった。

ひょっとしたら、父はもう息を引き取ったかも知れないと考えながら金を払い、ぼくは梅田新道の交差点を西に歩いて、バスの停留所に立った。道には客待ちのタクシーが並び、酔っぱらいや、仕事を終えたホステスたちが乗り込んで行った。最後のバスが何時に通るのか知らなかった。あるいはとうに通り過ぎて行ったのかも知れず、ぼくは五分ほどしてあきらめて歩き始めた。アパートは、梅田新道からまっすぐ西へ歩いて三十分ほどのところにあった。管理人のおばさんが、寝ないでぼくの帰りを待っていた。

「お母さんから何べんも電話があったでェ。お父さんが亡くなりはったそうや」

病院の電話番号を記した紙きれをぼくに手渡しながら、

「なんやしらん、遠いところの病院らしいなァ」

と言った。きっとお悔みの言葉を言おうとしたのだろうが、ぼくが無愛想に背を向けて部屋に入ってしまったので、そのまま何も言わず自分の部屋に戻って行った。ひとりで、寂しい通夜をしているだろう母のことを思った。死んだとわかると、ぼくは父の傍に行きたくなった。だが父のいるS病院に行くには、難波から南海電車で四十分ほど行ったG駅で降り、そこからまだバスに二十分近くも揺られなければならない。そんな遠隔地にタクシーを飛ばして行ける金を、ぼくは持ち合わせていなかった。

　水屋の引き出しやら、机の隅やらを掻き廻して、ありったけの十円玉を握ると、ぼくはアパートを出て、公衆電話のボックスに行き、紙きれに記された電話番号を廻した。電話に出て来た病院の女の人が、急ぎ足で母を呼びに行く音が聞こえていた。

「なんで、病院にけえへんかったんや」

と母は言った。ぼくは、うんとつぶやいたきり黙っていた。

「お父ちゃん、夕方の六時に息を引き取りはった。ひとつも苦しまんと死にはった」

「いまからやったら、タクシーで行くしかないけど、お母ちゃん、お金持ってるかァ？」

母はしばらく考えていたが、

「もうあしたでええ。あしたの朝、一番でおいなはれ。お母ちゃん、ひとりでお通夜するさかい、京子ちゃんも、澄夫さんも、あした来てくれることになってるさかい」

母は親戚（しんせき）の名をあげてそう言った。

ぼくは電話を切ってから、S病院までタクシーで行ったら一万円はかかるだろうと考えた。ぼくたち親子には、一万円は大金だった。

ぼくと父とは、もう四年近く、別々に暮らしていた。父は最後のひと旗をと思って手を出した事業に失敗すると、そのまま姿を消した。債権者が押しかけて来、警察に訴えると言った。父はそのとき六十五歳だったから、もう再起など考えられなかった。風態（ふうてい）の怪しげな男たちが、父の振り出した手形を持って、真夜中に訪れ、朝まで、居どころを教えろ、金目の物を出して償（つぐな）えと母に迫った。そんなことが、毎日のようにつづいた。何度も事業をおこして、そのたびに失敗してきた父には、必ずそれに似た事態がつきまとったから、母はもう精も根も尽きてしまい、そんなに欲しかったら命を持って行ってくれと真顔で言った。男たちは、母の結城の羽織を持って去って行き、それきり顔を出さなかった。

ある日、父から手紙が来た。日時と場所を指定して、ぼくに来るようにと書いてあった。それはアパートの近くの踏切で、ぼくが待っていると、マフラーで頬かむりした父が、踏切の向こう側から手招きをした。喫茶店に入ると、父は頬かむりを取って言った。

「お母ちゃんは元気か？」

「なんでそんな不細工な格好をしてるのん？」

ぼくが訊くと、

「寒いからや」

と父は答えた。鼻水が口髭を光らせていた。父は若いころから口髭を生やしていた。

「俺は、もう捨てたぞ」

ぼくが黙って父の顔を見ていると、

「お前も、来年は高校を卒業するんや。昔やったら元服の年や。もうひとりで生きて行けるやろ」

と言った。ぼくは父のたったひとりの息子で、それも父が五十歳のときに出来た子供だった。

「ぼく、大学に行きたいんやけど……」

すると父は、

「行かしてやりたかったけど、もう俺にはそんな力は失くなってしもた。堪忍してくれ」

そう言って、かつて見せたことのない弱々しい笑みを浮かべた。父の顔は小さかった。その小ささが、首から下の頑丈さをいっそう際立たせるのである。顔は小さかったがよく太って、眉も濃く目は鋭く、獅子鼻が長い口髭をいつも小さく見せていた。けれどもそのときの父の風貌には、もうはっきりと老衰の翳がにじみ出ていた。顔の肉は落ち、目の下はたるみ、獅子鼻に光沢はなかった。ぼくは、父がいったい何を捨てたのか、おぼろげにわかるような気がした。父は一万円札を五枚ぼくの手に握らせた。

「もうちょっと時期が過ぎたら、また連絡する。お母ちゃんに、そない言うとってくれ。もうあんなええ加減な亭主とは別れました、取り立て屋にはそう言うたらええんや」

「ほんまに、ぼくらと別れるのん？」

「別れようが別れまいが、親子は親子やないか」

父は立ちあがり、俺ももうじき七十やとつぶやいて喫茶店から出ると、またマフラーで頰かむりをして、通りを急ぎ足で遠ざかって行った。父のうしろ姿は、ひどくおちぶれて見えた。いったい父はどこへ行くのだろうと思い、ぼくは寒風の吹きまくっている埃っぽい夕暮の道を、父のあとをつけて歩き始めた。父は阪神電車のF駅の前を通り商店街を抜けて国道に出た。しばらく歩くと道は緩く曲がり、運送会社の大きな駐車場が見えて来た。昔、そこは空地だった。子供のぼくは友だちと足を伸ばして、その空地で遅くまで遊んだのだった。

父は駐車場の手前の路地を曲がり、なおも歩いて行った。同じような造りのアパートとか文化住宅がひしめき合って袋小路になっているそのいちばん奥のアパートの階段を昇って、右から二軒目の部屋に消えた。ぼくはそれを見届けると、地面に目を落として、震えながら家に帰って行った。母には、父の言葉をそのまま伝え、貰った金を渡したが、父がE町の運送会社の裏手のアパートに入って行ったことは黙っていた。

それから二ヵ月ばかり過ぎた夕刻、母が青ざめた顔をして帰って来ると、ネギとかトウフの入っている買い物籠を畳の上に投げつけた。

「お父ちゃん、女の人と暮らしてはったわ」

と言った。いつも行くマーケットが定休日で、母はE町の公設市場まで足を伸ばしたのだという。そこで父の姿を見かけた。三十五、六歳の小太りの女と一緒にラーメン屋から出て来たところだった。母は一瞬気が動転して、そのままあとも見ず家に向かって引き返そうとしたが、思い直してふたりのあとをつけて行った。そして、ふたりの住む運送会社の裏手のアパートをつきとめたらしかった。

「足が震えて、歩くどころか、立ってることもでけへんみたいになったわ」

と母は言った。母は近所の人の紹介で、阿倍野にある食堂で勤めるようになった。借金取りは、相変わらずアパートにやって来た。やがてあきらめて姿を見せなくなると、次の新しい借金取りが訪れるのだった。

そうやって年が明け、二月の末になった。ぼくはどうしても大学に行きたかったが、国立大学の入試に受かる学力はなかった。それで、いちおう受けてみるだけだからと母に頼み込んで、ある私立大学の試験を受けさせてもらった。たぶん落ちるだろうと思っていたが、なぜか合格してしまい、十日以内に入学金やその他の費用を納めるようにという通知を受け取った。ぼくは思いあぐねて、その夜、父のいるE町のアパートを訪ねて行った。ぼくが部屋のドアをノックすると、横の小窓が開いて父が顔を出した。父の驚きようは滑稽（こっけい）なくらいで、慌（あわ）てて小窓を閉めると、表に出て来た。ドアを急いで閉めて、ぼくに中を覗(のぞ)かれないようにした。

ぼくと父は階段を降り、路地の曲がり角の電柱の横に立ったまま長いあいだ話し込んだ。ぼくは、どうしても大学に行きたいこと、入学金さえ払ってくれたら、あとの授業料はアルバイトをして自力でつくることを父に言った。

「わしがここにいてること、お母ちゃんも知ってるのんか？」

と父は訊いた。

「もうずっと前から知ってるよ」

父は意外なほどあっさりと承諾してくれた。誰かに借りるしか手はないが、何としても金をつくってやろうと父は言った。いまの父にとって、それがどれほどの大金であるか、ぼくにもよくわかっていた。父が口を開くたびに大蒜(にんにく)の匂(にお)いがした。

五日後、父から電話がかかってきた。金が出来たから取りに来るようにというものだった。以前に入ったことのある踏切の近くの喫茶店で待ち合わせをした。父は封筒に入った紙幣をぼくに渡して、

「この程度の金さえ、人に借りなあかんようになってしもた」

ときつい目でつぶやいた。

「お母ちゃん、元気か？」

「阿倍野まで働きに行ってる」

「借金取り、まだごちゃごちゃ言うて来るか？」

「このごろは、誰もけえへんようになった」

父はその日も大蒜の匂いを吐いていた。その匂いが、父を別の人に変えていた。ぼくは封筒をポケットにしまったとき、もうこれで二度と父とは逢いたくないと思ったのだった。

父は一年に二、三回、母とぼくのいるアパートを訪ねて来て、ほんの短い時間、何を話すともなく坐り込んで、それから人目を忍ぶようにして帰って行った。父は来るたびにみすぼらしくなっていた。危なっかしい足取りを見て、

「もう遅いから泊まっていったら？」

とぼくがすすめても、父は必ず女のいるアパートに帰って行った。

四ヵ月前の寒い夜、それまで半年近く姿を見せなかった父がやって来て、ぼくと二言、三言言葉を交わしてから倒れた。救急車が到着するまでのあいだ、ぼくと母は大きなイビキをかきつづけている父の傍に坐って、ただおろおろするばかりだった。父は脳溢血だった。

昏睡状態の父に付き添って、ぼくと母は病院の待合室で時間を過ごした。母がぼく

に、女のアパートの名前を知っているかと訊いた。確か中山荘という名前だったとぼくが答えると、

「やっぱり、知らせたほうがええやろなァ」

母は思案げに言った。電話局で調べてもらったが、電話番号はわからなかった。ひょっとしたら各部屋で電話を引いているのかも知れず、ぼくがタクシーでアパートまで行くことになった。夜中の二時を過ぎていたが、部屋には電気が点いていた。女は、父のことをお父ちゃんと呼んだ。

「お父ちゃん、血圧が高うて、気ィつけなあかんてお医者さんに言われてましてん」

待たせてあったタクシーに乗り込むと、女は顔の片方を覆うように垂らした長い髪を何度もかきあげた。髪の下から大きな火傷のあとがあらわれた。こめかみから頰にかけた火傷を隠すために、髪を長く垂らしていたのである。

女は病院に着くと、すぐに父のベッドのところまで行き、椅子に腰を降ろして、寝顔を覗き込んでいた。それから待合室にやって来て、母に頭を下げた。母と女は長いこと、小声で話し込んでいたが、ぼくはそのあいだ父の傍に坐って窓の外ばかり見つめていた。その夜は女が父に付き添うことになり、ぼくと母はタクシーを拾ってアパートに帰った。タクシーの中で母は言った。

「あの人、宗右衛門町の小菊いうバーで勤めてはったんやて。水商売が嫌いで、何か手に職をつけたいてお父ちゃんに相談したら、洋裁を習うのがええやろ言うて、いろいろ世話をしてあげたらしい。それがそもそものなれそめらしいなァ……」

　小菊というのは、父がよく行っていた酒場の名前だった。女はアパートにミシンを一台置いて、いまは縫物の賃仕事で暮らしているらしかった。

「年寄りのヒモを養うて、あの人も運のない人やわ」

　と母は笑った。

　父は三日後に意識を恢復したが、右半身が麻痺してしまっていた。父の世話は、最初のうちはほとんど女がみていたが、そのうち、だんだん女の足が遠のいて行った。女は仕事にかこつけて、滅多に病院に顔を出さなくなり、母とぼくとが交代で、不自由な体の父に付き添った。父は廻らぬ口で怒鳴ったり、動くほうの腕で物を投げて、同室の患者に迷惑をかけた。いったい何を怒っているのかと、ぼくが訳をたずねると、父は、

「三角や、三角や」

　と濁った声で叫んだ。三角とはいったい何のことか、ぼくにはわからなかった。父は目に涙をためて、三角や、三角やとわめきちらした。ある日、女がひょっこり病室

にやって来、大きな果物籠を置くと、

「夜なべの仕事がつづいてるねん。お父ちゃん、また来るさかいな」

と言ってそそくさと出て行った。以前、女が置き忘れていった空の財布を渡そうと、ぼくはあとを追って病院の玄関へ降りた。玄関口に、見覚えのある男が立っていた。四十五、六の大男で、一週間前まで父と同じ病室に入院していたのである。女は、その男と一緒に病院を出て行った。ぼくはひどく切なくなって、そのまま外来の待合室に腰を降ろした。男は九州に妻子を残して、働きに出て来ていたが、急性の肝炎でこの病院にかつぎ込まれたのだった。ぼくは、女と男がいつのまにそんな関係になったのか知らなかったが、きっと父は感づいていたのだろうと思った。

「三角か……」

ぼくは溜息（ためいき）まじりにつぶやいて、いつまでも待合室の喧噪（けんそう）の中に坐っていた。それ以後、父はますます暴れるようになり、病院としては他の患者の迷惑を考えると、これ以上面倒を見ることは出来ないということになった。こういう類（たぐ）いの患者を世話してくれるいい病院があるから、そこに移ってくれと言われた。少し遠いが、完全看護で、費用も国がみてくれるという。だがそこは精神病院だった。病院側で差し向けてくれた車に父を乗せて、ぼくたちはS病院に移った。ぼくも母も、S病院に着いてから、初めてそこが精神病院であることを知ったのだった。だが、ぼくたちには、他に適当な方法が思い浮かばなかった。何よりも、ぼくたちには金がなかったのである。

母からは、朝一番に来るようにと言われていたが、ぼくが目を覚ましたのは昼近くだった。ぼくは食パンをひと切れ、牛乳で流し込むと、大阪駅まで出た。そこから地下鉄で難波まで出て、南海電車に乗り換えた。沿線のところどころには陽を受けて散っている満開の桜が並んでいた。学校らしい建物が見えると、きまって校庭の桜が目についた。ぼくは電車の窓から、春の陽と桜を見ていた。

G駅に着いたのは一時前だった。バスは混んでいて、ぼくは運転台の横の手すりにつかまって立ったまま、ぼんやり前方を眺めていた。駅前からバスに乗り、繁華街を抜けて車の量の多い国道を西に向かった。田圃が多くなり、菜の花畑が見えて来た。大きな池を廻ってバスはのぼり道にさしかかった。道は緩いカーブを描いてのぼっていた。

ぼくの視界に、赤い小旗が入って来た。小旗は力いっぱい振られてバスに停車を命じていた。小旗を振っているのは、バスの運転手と同じ制服を着た若い男だった。青年はバスを停めておいて、俊敏な動作で元いた場所に駈け戻り、バスとは反対の方向からやって来る車を停めた。道はその部分だけ一箇所狭くなっていて、バスが通るときは対向車に停まってもらわなくてはならないのだった。青年はそのために、手に赤い小旗を持って立っていた。

青年は対向車が停まったことを確かめると、バスに向かって小旗を振った。バスはクラクションを一回鳴らして発車した。青年は直立不動の姿勢で道に立って、笑顔でバスの運転手に敬礼した。着ている制服は大きすぎて袖丈が長く、手の甲が半分隠れている。一日中、道に立って交通整理をしているらしく、真っ黒に日灼けしていた。

坂を下ったところでぼくはバスから降りた。小高い丘が畑の向こうにつづいていた。S病院は丘の上にあるのだった。歩いていると汗ばんできて、ぼくはセーターを脱いだ。病院の敷地は青いフェンスで取り囲まれていた。建物の窓という窓には鉄の格子がはまり、患者の作業用に作られた野菜畑が、その病棟の裏手にまでつづいていた。

入口の受付で名前を言うと、すぐに婦長が出て来た。ぼくは長い廊下を案内されて、突き当たりの小部屋の前まで行った。婦長が歩くたびに、腰に下げた鍵の束が鳴り、静まり返った建物の中に冷たい音を響かせた。左側は一般病棟で、中に入るには鍵を外さなくてはならなかったが、父の遺体は右側の鍵のかかっていない部屋に安置されていた。母が、部屋の隅の長椅子でまどろんでいた。ぼくは布をめくって父の顔を見ると、すぐに母の肩を揺すった。

「役場に行って、火葬許可書いうのを貰わんとあかんねん」

と母は赤い目で言った。思案したあげく、ここで火葬にして、葬式は家に帰ってからすることに決めたのだという。遺体は死後二十四時間は火葬に出来ない決まりで、そのため明朝まで待たなければならなかった。

「とにかく死んだのがきのうの夕方の六時やろ。きょうの六時以後は、火葬場も閉まってしまうねん」

するともうひと晩、ぼくたちは父の遺体に付き添わなくてはならないのである。

「もうじき葬儀屋が来て、とりあえずお棺に入れてくれはることになってる。お前はここの市役所に行って、その火葬許可書いうのんを貰て来てんか」

母はひと晩中起きていたらしく、憔悴した口調で言った。ぼくは病院の事務所へ行き、死亡診断書を貰うと、市役所に行く道を教えてもらい、病院の前の坂道を下った。バスに乗って、またG駅まで行くのである。市役所はG駅から歩いてすぐのところだった。

バスに揺られていると、さっきの赤い小旗が見えて来た。がら空きのバスの席に坐ったぼくは、こんどは窓越しに、バス会社の制服を着て制帽をかぶった青年の顔を近くで見つめた。青年はぼくと同じ歳格好だった。ずんぐりむっくりした体の上にアンパンみたいな顔が載っていた。彼は道に真っすぐに立ち、片時も油断のない目で、バスのやって来るのを見張っているのだった。バスの姿をみつけると、即座に対向車に向かって小旗を振るのである。それも何事が起こったのかと思えるほどに、強く懸命に、ちぎれんばかりに小旗を振るのだった。バスが狭い道を通り過ぎたとき、ぼくは後部の席に移って、遠ざかっていく青年の姿を追った。青年はバスが無事に通過したことを確かめると、停まってくれた数台の車に深々と礼をした。

　市役所で火葬許可書を貰うと、ぼくは再びバスに乗ってS病院に戻って行った。ぼくはバス会社の、あの青年を見るために、わざわざバスの右側の席に坐った。ぼくは、ひとりの人間に、かつてそんなにも魅かれたことはなかった。そんなにも懸命さをむき出しにして、仕事をしている人を、見たことがなかったのだった。バスが坂道にさしかかると、ぼくは腰を浮かして、赤い小旗を捜した。小旗が見え、青年の丸い短軀が見えてきた。青年の滑稽ともいえる造作の顔の中で、細い目は強く光り、一瞬たりとも気をゆるめていない峻厳な動作で小旗は烈しく振られていた。

　病室に戻ると、柩に入れるために、ふたりの男が父の体を拭いている最中だった。ぼくは最初、男たちを葬儀屋だと思っていたが、そのうち患者たちであることに気づいた。看護婦が、男たちひとりひとりに、するべき作業の手順を教えた。

「まあ、伊藤さんは丁寧に拭いてくれるのねえ」

言われた老人は照れ臭そうに笑い、いっそう念入りな手つきで、父の硬くなった体の隅をタオルでぬぐった。

「寺田さんは力が強いから、お棺に入れるときは頑張ってね」

度の強い眼鏡をかけた五十過ぎの男は、看護婦の言葉に頷いて、いやにかしこまった表情をつくってみせた。ふたりとも仕事を与えられたことが嬉しい様子で、並の人間なら決して引き受けたくない作業に、嬉々として取り組んでいるのである。ぼくはドアのところに母と並んで立ちつくし、父の痩せた、ところどころに青黒い斑点の浮いた体を見ていた。

「ここは、私たちでやりますから、どこかで休んでいて下さい。きのうはお通夜で、お疲れになったでしょう」

看護婦がそう言ってくれたので、ぼくと母は病院の庭に出た。花壇には、患者たちが植えたと思われる春の花が咲き、蜜蜂の羽音があちこちから聞こえてきた。S病院は丘の上に建っていたので、庭のベンチからは大きく眺望がひらけて、春霞の彼方の名もわからぬ山の稜線が見え、薄紅色の平野やら川やら民家やらが見えていた。

「なんで、田圃が赤いんやろ」

とぼくは誰に言うともなくつぶやいた。

「れんげが咲いてるんや」

母が答えた。そして、ゆったりした口調で、

「ええお天気やなァ」

と言った。

「まさか、こんな辺鄙なところの精神病院で死のうとは、お父ちゃんも考えもしてなかったやろなァ……」

ぼくも同じことを考えていたので、うん、そうやなァと返事しながら、笑顔をつくって花壇のほうに目を移した。ぼくと母は、長い時間、無言で日なたぼっこをしていた。すると病院の玄関から、看護婦に引率された数人の患者たちが出て来た。軽症か、あるいは温和しい患者たちばかりらしく、看護婦が前後にふたりつき添って、これから散歩に行くところだった。その中には、父の体を拭いてくれていたふたりの男も混じっていた。患者のうちのひとりが弾んだ声で言った。

「ここの病院、なかなかモダンな建物やなァ」

すると別の患者がそれに応じた。

「そやけど精神病院やからなァ。こんなとこに入院してるのかと思われると、かっこ悪いがな。病院の看板から、精神科っちゅう字を削ってくれへんかなァ」

「しょうがないがな。わしら、頭がおかしいんやから」

はい、一列になって、という看護婦の声で、患者たちは小学生が遠足に出かけるように、従順に列を整え、病院の門を出て行った。

「気楽なこと言うてるわ」

母はそうつぶやいて、いつまでも、そのにぎやかな一団のあとを見つめつづけていた。ぼくはふと、赤い小旗を振っていた青年は、もしかしたら狂人ではないだろうかと思った。バス会社の制服を着ていたから、交通整理のために配備された警備会社のガードマンではなさそうだった。すると青年は、バスを無事に通過させるためだけに、バス会社に雇われているのだろうか。

母が空腹を訴えたが、病院の中に食堂はなく、この近くにもそれらしいものはなかった。ぼくは、バス道の、坂の手前に小さな寿司屋（すしや）があったことを思い出し、母から金を貰って、ひとりぶらぶらと道を下って行った。バス道に出ると、少し先に寿司屋の看板が見えた。

ぼくは巻寿司と稲荷（いなり）寿司を折箱に入れてもらい、病院とは逆方向の坂道に向かった。

青年の仕事ぶりを、傍から眺めてみたかったからである。ぼくは片方の手で折箱をかかえ、もう一方の手で脱いだセーターを持ち、車の通りの多い道路をのぼった。

青年が道の端に直立不動で立っていた。彼はそうやって、バスのやって来るのを見張っているのだった。ぼくは青年のいるところから少し離れた銀杏の木の陰に立って様子を窺った。バスはどちらの方向からも、いっこうにやって来なかった。そのあいだは用事がないのだから、道端に腰を降ろして休憩していればいいのに、青年は身じろぎもせず、片方の手に赤い小旗を持って日差しの中を立ちつづけているのである。

青年の顔が、何かの漫画の主人公に似ているような気がして、ぼくが思い出そうと頭を巡らせ始めたとき、青年は猛然と旗を振りだした。坂道の頂点でバスの屋根が光っていた。青年の仕草があまりに烈しかったので、停車を命じられた対向車が急ブレーキをかけ、運転手が窓から顔を出した。

青年は、全身全霊を傾けて、自分の仕事を遂行していた。赤い小旗が振られるたびに、ぼくは何もかも忘れて、青年の姿に見入った。そうしているうちに、父が死んだことが、たまらなく哀しく思えてきた。ぼくは、父の死に目に立ち会わなかったことを烈しく悔いた。ぼくは踵を返して、Ｓ病院に帰って行った。歩いて行くぼくの心の中で、色褪せた赤い小旗はいつまでも凜々とひるがえっていた。

お天道様だけ追うな

私の父は、感情家でもあり論客でもあったが、決してストイックな人ではなかった。商売相手との舌鋒(ぜっぽう)するどいやりとりを耳にして育ったせいか、私は父に対してある錯覚をいだいていたようである。顔さえ合えば叱(しか)られて説教されていたという錯覚なのだ。私はつい最近まで、その錯覚の中にいた。実際には私が父に説教されたのは、ほんの一度か二度であり、烈(はげ)しく叱られたのも、かぞえるほどしかないのだった。おそらく、私の父に対する概念が、あのときも、このときも、お説教ばかりされていた、叱られてばかりいたという架空の場面を作りあげたような気がする。父が死んで十七年もたって、私はそのことにやっと気づいた。

晩年、父は、私のことを殆(ほとん)どあきらめていたと思う。何か特別な能力を秘めているかもしれないとひそかな期待を持っていたが、どうもそれは親の欲目だった。体も丈夫ではなく、頭もどっちかと言えば悪いほうだ。忍耐力もなく、何を考えているのか見当もつかない。父は、ひとり息子に、そんな評価を下したようだった。

私が大学三年生だったある夜、屋台でコップ酒を一緒に飲みながら、父はふいに父らしくない静かな口調でこう言った。

「おてんとさまばっかり追いかけるなよ」

何のことなのか理解出来ず、私は父を見た。七十年生きてきて、ようやく判ったのだと父はつづけた。自分は、日の当たっているところを見て、いつも慌ててそこへ移った。けれども、辿り着くと、そこに日は当たっていず、暗い影になっている。また焦って走る。行き着いて、やれやれと思ったら、たちまち影に包まれる。振り返ったら、さっきまで自分のいた場所に日が当たっている。しまったとあと戻りしても同じことだ。

俺はそんなことばかり繰り返して、人生を失敗した。ひとところに場所を定めたら、断じて動くな。そうすれば、いつか自分の上に太陽が廻ってくる。おてんとうさまばっかり追いかけて右往左往するやつは必ず負ける……。

父は、それから二ヵ月後に死んだ。この父の遺言とも言うべき言葉が私を支えていくのは、これからであろう。

眉墨(まゆずみ)

買ったばかりの薄いむらさき色のワンピースを着た母と、水色のリボンの飾りがついた麦わら帽をかぶった叔母は、車の後部座席に正坐(せいざ)して、何か忘れ物はないかと話し合っていた。

「もうええわ。足らん物(もん)があったら、向こうで買(こ)うたらええねやさかい」

母はそう言って孫たちに手を振った。七月の十日の早朝、私と母と叔母は車で軽井沢に向けて出発した。予定では九月の末まで軽井沢で暮らすことになりそうだったので、車内にもトランクにも、思いつくありとあらゆる所帯道具がつめ込んであった。妻と子供たちは、学校が夏休みに入るのを待って、あとからやって来ることになっていた。

軽井沢で夏を過ごすことになったのは、私が前の年に結核にかかったからだった。軽井沢に住む知人が大阪の暑い夏を心配してくれ、家を一軒借りてやるから、病後の体をじっくり休めたらどうかと勧めてくれたのである。私は自分の体のことより、近

年めっきり弱ってきたように思える母の体が心配だった。母にそのことを言うと、

「夏は暑いもんと決まってるがな。軽井沢みたいなお金持の行きはるとこ、私らが勿体のうて行けますかいな」

口をすぼめて私をたしなめた。だが母は母で私の体のことを考えたらしく、それからしばらくして、

「私はべつに行きたいことはないけど、お前がどうしても行くと言うのなら、ついて行ってやってもええでェ。ご飯ごしらえをする者がおらんと、三ヵ月も生活でけへんがな」

と言った。

「せっかく行くんやから、とめさんも誘てあげよか。あの人も夏はこたえるらしいから」

母はそう言うと、すぐに叔母に電話をかけた。四年前に息子に先立たれて、尼崎のアパートでひとり暮らしをしている叔母は、大喜びで誘いに応じた。叔母は死んだ父の妹だった。

「とめさんなァ、軽井沢いうたら、お天子様の行きはるとこや。そんなええとこで三ヵ月も暮らせるなんて夢みたいやて言うてたわ」

軽井沢行きが決まると、母は急にはしゃぎだした。早速、持って行く物をダンボール箱に詰め込む作業にかかった。

車の中で、母と叔母は昔話ばかりしていた。私は運転席でふたりの話を聞きながら、いままで誰にも話さなかった事柄を、母が何の屈託もなく口にしているのを不思議に感じていた。母は私が高校生のとき、自殺をはかったことがあったのだが、その際の状況を、いかにも適切な言葉が浮かばなくてもどかしいというふうに早口で喋った。

「お父ちゃんはよそに女をつくっておらんようになってしまうし、商売はあかんようになるし、毎日毎日借金取りは来るし、ええい、もう死んでしもたれと思てん」

「あんた、きっと頭がおかしいになってたんやわ」

と小太りの叔母が丸い目をいっそう丸く見開いて、当時を思い出しているような口振りで相槌をうっていた。私はときおりバックミラーでふたりの様子を見ていた。

「この子ももう高校生や。私がおらんでも生きて行くやろ。そうや死んでしまお。そう決めたら、こんどはどこで死のうかと考えてん。尼崎のとめさんのとこで死のう。あそこやったらバスで三十分もあったら行けるし、死骸のあと始末もちゃんとやってくれるやろ。それで、薬局でブロバリンの百錠入りを買うて阪神バスに乗ってん。暑い日やったわ」

「私の家で死のうと思たのは、きっと何かのおはからいやなァ」

「東難波で降りたら、ちょうどバス停の前に食堂があってん。そうや、死ぬ前に何かおいしい物を食べとこ、そない思て中に入って鰻丼を註文して、お酒も一本頼んだんや。末期の酒のつもりやってんやろなァ」

母は両手で口元を押さえて笑った。首をすくめて笑うと、薄い布地越しに、痩せた肩の輪郭が浮かび出た。四十五キロあった体重が、わずか半年ばかりの間に三十五キロに減ってしまって、どこか悪いのではなかろうかと病院へ行って診てもらったが、母は心臓の動悸だけを訴えて、ほかはどこも痛くもないし、具合の悪いところもないと医者に言った。心電図をとったが異常はなく、医者は精神安定剤をくれただけだった。

本格的な夏の到来を思わせる日で、名神高速道路を走っているときはクーラーをかけていたが、名古屋の手前で中央自動車道に入り、しばらく行くうちに空気はひんやりしてきた。中津川を過ぎると木曾の山々が展がり、クーラーを切って車の窓をあけた。

「鰻丼を食べてから、さあ、これから死ぬんやなァ、そう思いもってあんたのアパートの階段を昇って行ってん。うまい具合にあんたは留守やったし、部屋には鍵はかかってないし、よし、死ぬのはいまや。私、そない思てん」

「怖いことなかったか？」

と私は訊いた。

「怖いことなかってん。その、怖いことなかったということが、いまになって思うと、なんやしらん怖わァなってくるねん」

あとに残していく自分のひとり息子のことも、そのときはもう念頭になかった。ただこれまでの来し方が、ひとつながりの鎖みたいに思い出されて来たと母は言った。生まれてすぐに母が死に、子供のなかった隣家のパン屋の夫婦に貰われたこと。他人の子を貰っておきながら、その夫婦が自分を九歳のときに奉公に出したこと。あとで判ったのだが、その奉公先が俗に言う淫売宿だったこと。

「本名で呼ばれんと、豆ちゃんいう名をつけられて、朝の六時から晩の十時十一時までこき使われたんやで。たった九つの子供がやでェ。自分のことながら可哀そうになってくるわ」

「そのままそこで働いてたら、あんた娘になったらきっと客をとらされてたやろなァ」

「そうやねん。あんなとこに置いてたらあかん。早いことつれ戻せと言うてくれる人があって、危ないとこで家に帰られたんや」

中央自動車道は車が少なかった。八月に入ると上高地や軽井沢に向かう車で混雑すると聞いていたが、いまは荷を運ぶトラックの定期便が、慣れた運転ぶりで、左側車線を標示速度を守って走行しているだけだった。スピードを落とすようにと、ときおり私の耳元で命じながら、母は話しつづけた。

「九つの子ォやろ。朝から晩までこき使われてるから、ついつい居眠りをしてしまうねん。そしたらそんな私にお女郎さんが悪さをするんや。やかんをくりつけた紐の先を、私の髪の毛に結んどいて、大声で、豆ちゃん用事やでェ、起きるんやでェ。慌てて飛び起きて寝呆けまなこでお上さんの部屋に走って行ったら、私と一緒にやかんもがらがら音をたててついて来るねん」

叔母が身をよじらせて笑った。

「あんた、笑てるけど、私、あのやかんの音、いまでもよう忘れんわ」

「とめおばちゃんの部屋で、薬を飲んだ瞬間、どんなことを考えた？」

と私は訊いた。

「何にも考えへんかった。しばらく横になってるうちに眠ってしもた」

「市場から帰って来たら、あんたの靴があったから、ああ、雪ちゃんが来てるわァと思て声をかけたんや。そしたら返事があらへんやろ。いやァ、よう寝てるわァと思いもって覗(のぞ)き込んだら、ちょっと様子がおかしいねん。畳の上に空(から)の薬の壜(びん)が転がってるし、雪ちゃん、雪ちゃんて揺り起こしたら、うっすら目ェあけて、私、薬飲んでん。そない言うてまた眠ってしもたんや」

「あんた、びっくりしたやろなァ」

「びっくりしたどころの騒ぎやないでェ。足は震えるし、顔はひきつってくるし、どうやって公衆電話のとこまで走って行ったんか覚えてないわ。指も震えて、百十九番が廻(まわ)されへんかったわ」

母が意識を取り戻したのは、病院にかつぎ込まれて十時間後だった。叔母から知らせを受けた私は、ただ恐しくて、自分の家の押入れの中でひと晩中うずくまっていたのである。病院に行けば、母が死んでしまうような気がしたからだった。

「不思議なことがあってんでェ」

と母は言った。

「眠ってるあいだに、ひとつだけ夢を見てん。私、誰にも言えへんことやったけど、その奉公に出されてるとき、いっぺんだけお店のお金を盗んだことがあるねん。何十年も昔のことで忘れてしもてて、思い出したこともないのに、その死ぬか生きるかというときに思い出してん。九つの自分が、薄暗い帳場の抽斗から小銭を盗んでるとこが、夢の中に映ったんや」

「私ら、ほんまに最低の人間やわ」

叔母がいつものののんびりした口調でつぶやいた。

「貧乏な家に生まれて、教育もろくに受けんと、しょうもない人生をおくって来たわ」

「あんたも、私もなァ……」

母も同じような口振りで応じた。

「働いて働いて、亭主に苦労して、おまけに睡眠薬自殺まではかって……。あっという間に七十になってしもた。それが軽井沢で避暑やて、あのとき死なんでほんまによかったわァ」

途中で何度も休憩したので、軽井沢に着いたのは夜の八時だった。軽井沢は霧が深かった。軽井沢駅の公衆電話で、家を世話してくれた知人に到着した由を伝えると、すぐに車で迎えに来てくれた。国道を中軽井沢のほうに戻って塩沢通りという道に入り、車が一台やっと通れるくらいの小径を折れた。霧深い樹林の中で、まだ持主のやって来ていない別荘が黯く滲むように点在していた。樹や草の匂いの混じった冷気が心地よく、車のライトが黄色く煙って、あしたからの軽井沢での生活が、ひどく楽しいものになるような気がした。

私たちの借りた家は小径を百メートルばかり行ったところにあった。鬱蒼とした樹々に囲まれた木造の平家で、板の間の台所兼食堂が真ん中にあり、畳敷の六畳の部屋と風呂と便所がそれを挟むように配置されていた。知人は私に鍵を渡すと、朝晩はかなり冷え込むかも知れないから、あした石油ストーブを持って来てやると言って帰って行った。一年間、人気のなかった家は湿って黴臭かったが、それすらも私の心をなごませた。叔母は古ぼけた籐椅子に坐って、朝からずっとかぶったままだった麦わら帽をテーブルの上に置くと、

「まだ体が揺れてるわ。なんやしらん気分が悪い」

と訴えた。

「十何時間も車に乗ってたんやもん。今晩ゆっくり寝たら直るわ。私は元気やでェ。私はこう見えても、乗り物には強いんやさかい」

母は言って、持って来た荷物の整理を始めた。しばらくダンボール箱の中味を出す作業をつづけていたが、突然あっと声をあげて私を見た。

「眉墨を忘れてきてしもた」

「眉墨……？」

「どないしょう。あれがないと困るねん」

「今晩ひと晩くらい塗らんでも、かめへんやないか」

私がそう言うと、母は哀願するように両手を合わせ、

「駅の近くに化粧品屋はないやろか。いまから買いに行くから、車に乗せてェな」

しぶっている私に、母は何度も頼み込んだ。先に寝ているという叔母を残して、私と母はまた車で軽井沢駅の前まで行った。霧はさらに濃くなって、前を走る車のテールランプだけがおぼろに光っていた。ちょうど駅の前に雑貨屋があり、化粧品メーカーの小さな電飾看板に灯が入っていた。

母が、寝る前に自分の眉に墨を塗るようになったのはここ一、二年のことだった。母の頭髪は真っ白で、そのうえ眉毛まで白くなった。頭髪は黒く染めていたが、眉は染めるわけにはいかない。昼間は白いままで放っておくのだが、寝床に入るとき、蒲団の上に正坐して、念入りに眉墨を塗るのである。私や妻がその訳を訊いても、母はただ照れ臭そうに笑うだけで何も答えなかった。私は母が雑貨屋から出て来るのを待ちながら、車を降りて、初めて見る軽井沢の町を眺めた。駅前から真っ直ぐ伸びる通りの両脇には、食堂や洋品店らしいものが見えていたが、霧にかすんで人の姿は見え

なかった。着ているセーターが湿って、毛糸の匂いをかすかに感じた。ふいに淋しくなってきたが、朝になって霧が晴れ、眩い木洩れ陽を見たらまた楽しい気分になれるだろうと思った。上野からやって来たらしい列車が駅に停まったが、降りて来る人はまばらだった。

あくる日は良い天気で、私たちはベランダに出て縞模様になって降り注いでいる光を眺めながら朝食をとった。叔母は元気を取り戻し、朝早くひとりであちこちを散策して摘んできた花を牛乳壜に活けた。ところが、こんどは母が胃の痛みを訴えた。左の脇腹を押さえて昼近くまで顔をしかめ通しだった。

「長いこと車に揺られたから、胃がびっくりしたんやわ。すぐに直るわいな」

叔母にそう言われて、母はやっと籐椅子から立ちあがり、ふたりでまた花を摘みに出かけて行った。私は、午后はずっと本を読んで過ごした。読み疲れると、塩沢通りの中程にある喫茶店に行って珈琲を飲んだ。そうやって三日が過ぎた。その三日間はずっと天気が良く、私はきっとこのひと夏で完全に健康を恢復することだろうと思い、嬉しくて仕方がなかった。

軽井沢に着いて五日目、朝から烈しい雨が降った。雨が降ると、にわかに家のまわりの景観は陰鬱になった。濡れて黒ずんだ梢の葉叢に取り囲まれて、私たちのいる小さな家はどこかの山奥に孤立しているような暗さと静寂に包まれてしまった。終日、石油ストーブなしにはいられなくなり、母と叔母は膝に毛布を掛けて、ガラス窓越しに、降りつづく雨ばかり見つめていた。

「どこか近所に病院はないやろか」

と母がぽつんとつぶやいた。

「まだ胃が痛いのか？」

私の言葉に、母は心細そうな顔で頷いた。耐えられぬほどの痛みではないが、いままでに経験したことのないような嫌な痛さなのだという。

「せっかく軽井沢に来たのに、楽しいことあらへん」

私は知人に電話をかけて訳を話し、近くに病院はないかと訊いた。すると私のいるところから車で五分ほどのところに軽井沢病院という大きな病院があるという。私は車に母を乗せて、その病院に行った。町はまだ閑散としているのに、病院だけは満員だった。診察を終えて出て来ると、

「あした、バリュウムを飲んで、胃のレントゲンを撮るそうや」

母はいっそう心細そうに言った。

翌日、私が目を醒ますと、叔母だけがベランダの籐椅子に坐って新聞を読んでいて、

母の姿はなかった。叔母に訊くと、歩いてもたかがしれているので、ひとりで病院に行ったのだという。雨はあがっていたが、霧がたちこめて、カッコーの鳴き声が近くで聞こえていた。樹の枝から枝を伝っていく栗鼠(りす)を見つけて、叔母はひとりではしゃいでいた。迎えに行ってやろうかと考えているうちに母は帰って来た。母は私の顔を見るなり言った。

「私、癌(がん)やて」

私はしばらく無言で母の顔を見つめた。冗談を言っているのではなかろうかと思えるくらい、母の顔には暗さがなかった。

「医者がそう言うたんか?」

「言えへんけど、顔に書いてあった。あのお医者さん、嘘(うそ)つくのへたやね。にこっと笑うて、私、癌ですかって訊いたら、目ェ丸うさせて、あやふやに口を濁しはんねん。ほんでから、あとで息子さんに来てもろてくれやて……」

私は慌てて車を運転して病院まで行った。看護婦に名前を言うと、すぐに診察室に呼ばれた。若い医者は看護婦にレントゲンのフィルムを持ってこさせると、私に見せた。

「これなんですがねェ」

医者は、胃の真ん中にはっきりと映っている直径二センチくらいの黒い影を指で示した。

「きのう触診したとき、手に触れたんですよ。それで撮ったんですが、影の感じから言うと、盛りあがってる物で、潰瘍(かいよう)だとは思えないんです」

「母は、私、癌らしいって、そう言うんですが……」

私は幾分非難のこもった目を向けて言った。医者は確かに母が言ったように、私にも目を丸くさせて口ごもった。善良そうな男だったが、どこかに真摯(しんし)なものが欠けていそうな目をしていた。

「私はそんなこと言わなかったつもりですがねェ」

そう弁解してから、医者はフィルムに目を移しながら、

「でも、そうなんですよ」

とつぶやいた。

「あした、胃カメラで診て、組織も採ってみますが、まず間違いないと思います」

「そうなると手術ということになるんでしょうね」

「勿論(もちろん)取ってしまわないといけないでしょうね」

「手術をしたら直る段階でしょうか」

「かなり早期のものだとは思いますが、切ってみないと判りません」

私は呆然として長いこと医者の肩のあたりを見やっていた。そして、もうすぐにも大阪に帰ろうと思った。すると医者はカルテを見て、

「大阪からお越しになったそうですが、どうしますか。こっちで手術をするか、大阪に帰られるか……」

と私に訊いた。

「先生はどっちがいいと思われますか」

「そちらのご都合次第ですが、私は術後のことを考えると、気候のいいこっちで切るのを奨めますねェ」

「癌の場合、痛みだしたらもう手遅れだと聞いたんですが……」

「胃が痛んだのは、たぶんこの癌のせいではないと思います。まだそこまで行ってませんよ。何か他の理由で痛んで、それで病院に来る気になったんでしょう」

「母は七十歳ですが、そんな歳で手術に耐えられますか」

医者は笑って言った。

「いま七十といえば、まだ若いですよ。手術には充分耐えられます。まあ他に悪いところがなければの話ですが。それも検査してみます」

病院を出ると、霧は晴れて薄陽が差して来ていた。心なしか国道には車が増えたようだった。自転車に乗った若い娘たちが通り過ぎて行った。道端で咲きかけているコスモスが、涼やかな風になびいている。軽井沢の夏が始まったのである。濃密な緑の樹々が左右にどこまでもつづいている塩沢通りに入ると、私は車を道の端に停めて煙草(たばこ)を吸った。九分九厘(りん)、癌に違いなかろうと私は思った。大阪に帰るか、それともこの軽井沢にとどまって手術をするか、私は運転席に坐ったまま長いあいだ思案していた。捕虫網を持った子供が、じっと私の車の屋根を睨(にら)んでいた。窓から顔を出して車の屋根を見ると、黒い大きな蝶(ちょう)がとまっている。子供は私に遠慮しながら、その蝶を狙(ねら)っているのだった。テニスウェアを着た娘たちが何人も自転車でやって来て、

「わァ、大きな蝶々」

「坊や、頑張(がんば)って」

などと声を掛けていった。その娘たちに驚いたのか、蝶は子供の頭上を舞って樹林の中に消えてしまった。子供は目を光らせ、腰をかがめて樹林の中に走って行った。たとえ母がいかに癌であることに気づいていようとも、私は断じてしらを切り通そうと決めた。私は何度も自分の心にそう言い聞かせながら、蝶と子供の消えていった樹林の奥を見ていた。私はふと十数年前に死んだ父のことを思った。父はよく母をなぐ

った。子供の頃は、そんな父にただ怯えるだけだったが、成長するにしたがって、私は父を憎むようになった。あのときも、あのときも、父は力まかせに弱い母をなぐったではないか、そんな目で私は父を見るようになっていったのである。私は父が死ぬまで、そうやって憎みつづけたのだが、車の中からぼんやりと夥しい緑のちらつきに目を注いでいると、なぜか父にすがりついて行きたい気持になった。父を憎んだ自分を責めるような気持になった。なぜそんな気持にひたったのか、私には判らなかった。

車を発進させて家への小径を曲がり、ゆっくり進んで行くと、前方にひとりの老婆が立っているのが見えた。杖をついて片方の手に小さな紙包みを持っている。茶色の着物の上に同じ色の毛糸の羽織を着た小柄な人だった。どうやら老婆は私の家を覗き込んでいた様子で、私が車を庭の奥に停めて降りて来るのを見ると、ためらいがちに頭を下げた。

「なんでしょうか……」

私は傍に行ってそう訊いた。老婆は私の借りた家のうしろに建っている三角屋根の瀟洒な別荘を指さして、あの家に住んでいる村越という者だが、お近づきのしるしにと思い胡桃を少々お持ちしたのだと言った。

「御年配の方のお姿がちらっと見えましたものですから、年寄り同士仲良くなれたらと思いましてねェ」

私は礼を言って、胡桃の入っている紙包みを受け取った。

「母と叔母がおりますが、こっちに着いてから母のほうが体を悪くして、ずっと寝込んでしまいまして」

「まあ、それはいけませんわねェ。お母さま、お幾つでいらっしゃいますの？」

「七十です」

「わたくしは八十四になります。軽井沢に来るようになりましてからもう二十年近くたちますけど、こんなに梅雨の長い年は珍しゅうございますわ」

村越と名乗った老婆は残念そうに私の顔を見やって、危なっかしい足取りで小径(こみち)を戻(もど)って行った。私は何か申し訳ない気持になって、村越夫人と並んで歩きだした。径を少し行くと、さらに細い小径が左側に伸びていた。ぶ厚い腐葉土の上に、落ちたばかりの緑色の葉が敷きつめられた小径だった。小径の両側には白樺(しらかば)の木の混じった林がつづいていた。

「四月に来たものですから、もう何ヵ月も淋しい思いをいたしました。毎年おみえになる別荘の方たちも、若い方ばっかりで、こんな年寄りと仲良くして下さる人はいないのでございますよ」

「ひとりで暮らしていらっしゃるんですか?」

と私は訊いた。

「女中がひとりおりますが、あんまり話をすることもなくって……」

「母が元気でしたら、お友だちになっていただけたのですが」

言葉の訛(なま)りで気づいたらしく、村越夫人は歩を停めて、微笑(ほほえ)みながら私を見あげた。

「まあ、関西からお越しになったのでございますか?」

「ええ、大阪です」

「遠くからおみえになりましたのに、お体の具合が悪くて、あいにくでございますわねェ」

村越夫人は毎年四月に来て、十一月の始め頃まで滞在するのだと言った。昔と違って、夏の軽井沢は人が多く騒々しくていけない、自分は初夏と秋の軽井沢が好きなので、四月から十一月まで過ごすのだとも説明した。

「御家族の方はおみえにならないのですか?」

私の問いに、村越夫人は少し小首をかしげるようにして答えた。

「ときどきやって参りますが、別荘には泊らずに万平ホテルに部屋をとりますの」

何か事情がありそうで、私はそれ以上訊かなかった。すると村越夫人は林の向こうを指さした。

「ここから、夕日が落ちて行くのが見えるのですよ。朝日の木洩れ陽もいいものですけど、夕日の木洩れ陽も、なかなかいいものでございます」

村越夫人は深々と頭を下げて、小径を帰って行った。私は家に戻ると、村越という老婆が胡桃を持って訪れたことを母に伝えた。

「どんなお婆さんやのん?」

「上品そうな人やでェ。もう二十年も軽井沢に来てるそうや」

「ざあます、ざあますて言いはるんか?」

「いや、そんな人とは違うなァ。言葉遣いは丁寧やけど」

「ふうん、そらよかった。ざあますなんて言われたら、どもならん。お母ちゃん、そんな人とつき合うたことないよってになァ……」

それから母は医者はどう言ったのかと質問した。

「癌なんかやあらへんがな。胃潰瘍や。そやけど薬で直る程度のもんと違う、手術せんとあかんやろ、そない言うてはったわ」

「手術なァ……」

「どうする? 大阪へ帰るか、それともこっちで切るか」

母はしばらく考え込んでいたが、ふいに顔をあげて私の目を見つめ、

「お前は他人に嘘をつくのはうまいけど、私にはよう嘘つかん子ォやなァ」

と言った。私は庭に出て、村越夫人に貰った胡桃を石で割って食べた。

次の日の朝、私は母を車に乗せて、再び軽井沢病院に向かった。叔母もひとりで待っているのは落ち着かないと言って車に乗り込んで来た。塩沢通りから国道へ折れるところに警官が立っていて、私に停まるように命じた。

「皇室の方がまもなく国道を通過されますので、申し訳ありませんがしばらくお待ち下さい」

警官はトランシーバーを耳にあてがって、連絡をとっていた。私たちは随分長い時間、そこに足停めされていた。警官はまた走って来て、

「いま中軽井沢を通過されました。もうすぐですので、もうちょっと待って下さい」

医者から指定された時間にかなり遅れそうで、私は腹がたって何も言わず煙草を何本も吸った。停車を命じられた車が何十台も国道に停まったままだった。みなうんざりした表情で、窓からときおり顔を出して皇室の人を乗せた車のやって来るのを待っていた。

「えらい違いやなァ。おんなじ人間に生まれて……」

と叔母が言った。

「ほんまやなァ。生まれてすぐに貰い子に出されて、九つで淫売宿に奉公にやられて、頭にやかんをくりつけられて……。えらい違うどころやないがな」

母はおかしくてたまらないというふうに笑った。それから、不機嫌にハンドルを握りしめたままでいる私の頰を、うしろから両手で挟み込み、そっと囁いた。

「お前、心配せんときや。生きるもよし、死ぬもまたよし。お母ちゃん、ほんまにそんな気がするねん」

皇室の車が通過したらしく、国道に停まっていた車はゆっくり動きだした。警官が走って来て、

「お通りになりました。どうぞ行って下さい」

と敬礼した。

胃カメラの検査が済んで待ち合い室に戻って来た母は、ぐったりしていた。

「私は石とは違うんや。あんな物、ようもまあ人間に飲ませよるわ」

小一時間待たされて、私が呼ばれた。きのうの若い医者ではなく、中年の外科医長が説明してくれた。

「検査室で、お母さんには重症の胃潰瘍だと言っておきました」

「でも違うんでしょう?」

「ええ、違います。きのう内科の先生が言ったとおりの物だと思います。組織も採りましたが、結果が出るのは五、六日かかります。もしこっちで手術なさるのなら、もうきょうにも入院してもらいたいんですが」

「たぶん、この病院で手術してもらうことになりますが、入院は二、三日待っていただけませんか」

私は妻と子供たちをすぐにも招ぶつもりだった。学校はまだ夏休みには入らないが、休ませればいいと思った。家に帰ると、私は妻に電話をかけた。

「やっぱり、手術をすることになったよ」

と私は言った。傍で母が私をじっと見ていた。

「あした、新幹線で東京まで出て、上野から電車に乗ります」

妻はそう言ってから、

「胃潰瘍なんでしょう?」

と訊いた。私は黙っていた。私の沈黙で、妻は気づいた。えっと悲鳴に近い声をあげて、それから電話口で泣きだした。

その日一日、母は床に臥せていた。私は何度も、

「お母ちゃん、胃潰瘍でよかったなァ。助かったなァ」

と声を掛けた。そのたびに、母は笑って頷いていた。夕刻、母が起きてきた頃から、腹に響くような音が遠くで聞こえ始めた。私はきのう村越夫人と一緒に歩いた小径まで行った。夕日の木洩れ陽が、細い径いっぱいに溢れていた。私は長いこと赤い木洩れ陽の中に立って林の向こうに落ちて行く太陽に見入った。杖をついた老婆が落日を見に出て来るような気がしたのだったが、誰もやってこなかった。静寂の中で、大砲を打つような音だけが断続的に響いていた。

夜になっても音はつづいていた。叔母が表に出て私を呼んだ。

「きれいな花火があがってるでェ」

私は喫茶店で貰った夏の軽井沢の行事表を開いてみた。七月十六日は花火大会が催されるのである。

「千ヶ滝の方やなァ」

樹林に阻まれて、私たちのいるところからは花火のほんのかけらしか見えなかった。

すると母が、どこかよく見えるところへつれて行ってくれと言いだした。

「花火なんて、もう何年も見たことないもん」

私たちは花火を打ちあげている場所をめざして車を走らせた。国道を千ヶ滝のほうに向かっていると、母が大声で叫んだ。

「あそこがええわ。あそこやったら車も停められるわ」

その母の指示に従って車を右折させ、芝生や花壇の設けられている一角に入って行った。車を停めてから、そこが軽井沢病院の前庭であることに気づいた。

「どうも、この病院に縁があるみたいやなァ」

母はそうつぶやき、芝生の上にハンカチを敷いて坐った。私も叔母も母に倣って並んで坐った。入院患者たちも病院のベランダに椅子を持ち出して花火見物をしていた。予想していたよりもはるかに大掛かりな花火大会であった。それはいつ果てるともなくつづいた。

「あれは菊や。ああ、あれはしだれ柳や」

母は楽しそうだった。高原の夜の風は、母の黒く染めた髪を乱れさせたが、母は芝生の上に横坐りして、瘦せた首をもたげたまま塑像のように身動きひとつせず花火に見入っていた。花火は突然途絶え、また突然打ちあげられた。ひゅうっという音のあとに、重い炸裂音が響くと、せきを切ったように無数の色が咲いた。いつまでつづくのかと思っているうちに、黯い空が静かに展がって、さあ帰ろうと腰をあげようとすると再び大輪の花が際限なく浮き出るのだった。私は母の小さなうしろ姿を見つめた。

生きるもよし、死ぬもまたよし、という母の言葉が胸の中いっぱいに拡がってきた。私は何度も何度も、その母の言った言葉を胸の内でつぶやいた。母は心からそう思ったのに違いないと感じた。涙が出て来て、花火が滲んで見えた。私は叔母に気づかれないよう、そっと指で涙をぬぐったが、それはあとからあとから流れ落ちた。悲しいのではなかった。

家に帰り着いたのは十時過ぎだった。途中、果物屋に寄って桃を五つ買った。母が、村越夫人に貰った胡桃のお返しをしたいと言ったからだった。叔母はあしたにしたらと言ったが、私は桃の入った紙袋を持って、懐中電灯の明かりを頼りに小径を歩いて行った。村越夫人の別荘は想像以上に敷地が広く、どこが入口なのか判らなかったが、私はかまわず林に沿って進んだ。ふいに石造りの門柱のところに出た。村越夫人は玄関の前に椅子を持ち出して坐り、夜空を見あげていたが、近づいてくる懐中電灯の光のほうに不審げに目を注いだ。私は立ち停まって光を自分の顔に当て、夜遅く訪れた失礼を詫びた。

「まあ、御丁寧に恐れ入ります。かえってお気を遣わせてしまいましたわねェ」

村越夫人は私の訪問が嬉しかった様子で、しきりに家に入るよう促したが、私はすぐに失礼するからと断わって、さっきまで花火見物に行っていたのだと言った。

「左様でございますか。私もここに坐って花火を見ておりましたの。ここからは樹が邪魔してよく見えませんけど、それでもときどき高く上がる花火だけは楽しめますのよ」

それから、毎年花火大会があるけれども、いつも別荘の玄関口に坐って見るだけで、ちゃんと見物したことはないのだと残念そうな口ぶりでつけ足した。私は一緒に誘ってあげればよかったと思い、

「もし来年も来るようなことがありましたら、そのときはぜひお誘いいたします」

と言った。村越夫人は私を見つめ、それから、ほほほと笑ったあと、

「来年もお逢い出来ればいいですわねェ」

そう言って桃の匂いを嗅いだ。

「ことしの夏は、星が少ないみたいですわね」

そして、ほおっと溜息をついて、桃を鼻先から離し、膝の上に置いた。村越夫人の別荘を辞すと、私は片方の手をズボンのポケットに突っ込んで、落葉のつもった柔かい径を家へと帰って行った。枯葉を踏みしめる自分の足音が、深い樹林の奥から聞こえていた。それは前方から囁きかけてくる何かの声みたいな気がした。ゆっくり歩いても五分とかからないのに、そのときの私には、いやに長い恐しい夜道であった。

私は風呂からあがり、ベランダの籐椅子に坐って、誘蛾灯の青い光に照らされた木立ちに目をやっていた。ふと気づくと、うしろに叔母が立っていた。叔母は小声で私に訊いた。

「お母ちゃん、ほんまに癌やなかったんか？」

「うん、違うかったんや」

叔母はほっとしたように肩の力を抜き、おやすみと言って自分の部屋に入って行った。私はそのまましばらくベランダに坐って、ひんやりとした清涼な空気を胸いっぱいに吸った。小径を挟んで向かい合っているドイツ人の別荘に灯が点いていた。きのうまでは無人だったがと思いながら暗闇を窺うと、あちこちの別荘の誘蛾灯がおぼろに光っていて、それぞれの持主がやって来たことに気づかされた。私は母が気になって、そっと部屋を覗いてみた。母は寝巻に着換え、蒲団の上にきちんと正坐して眉墨を塗っていた。電灯に顔を向け、眉墨のケースに付いている小さな鏡に自分の顔を映し、口をすぼめて一心に眉を描いていた。

母への手紙——年老いたコゼット

前略

親父が五十歳のときに生まれたぼくも、ことしの三月に四十歳になりました。お母さんは、三十六歳でぼくを生んだのですから、七十六歳になったのですね。

ぼくは、七年前の昭和五十五年、お母さんが癌になったとき、絶対にこの病気では死なないだろうと妙に確信を抱いたものの、とにかくあと五年の寿命を延ばしてもらいたいと祈ったものです。お母さんの来し方を考えるたびに、いまここで死んだら、あんまりだ、あんまりにも人生不公平じゃないかと、何物かに対して怒りの言葉を投げかけたりしました。

中国に「文学は運命への諦観を憎む」という古い言葉があるそうですが、お母さんは、自分の夫の死後、じつにこの〈運命への諦観〉を憎む闘いを、弱い体に鞭打って、やりつづけてきました。そのお陰で、ぼくはなんとか小説家として生活が出来るようになったのです。どんなに感謝してもしきれないし、また、その感謝の言葉は、言うほうも聞くほうも照れ臭いので、こうやって手紙でしたためる次第です。

お母さんに、もうひとつ感謝しなければならないのは、自分の息子の妻、つまり嫁に対する一貫した愛情です。ぼくが結婚する少し前、お母さんがぼくに言った言葉を忘れることは出来ません。

「私は、息子と嫁がケンカをしたら、たとえ息子のほうが正しい場合でも、お嫁さんの味方をする。家庭を崩壊させるほどの過ちを犯すような女を、お前が奥さんに選んだりはしないだろう。だから、どうせケンカといっても、それほどたいした原因のものではない。だから、私はいつも嫁の肩をもつからね」

これは、世の姑となる人が、いちおう思ってみたり、口にしたりするかもしれません。しかし、それが実行されたためしもないようです。ですが、お母さんは、ぼくが結婚して足かけ十六年間、夫婦ゲンカでぼくの肩をもってくれたことは、ただの一度もありませんでした。いつも嫁の味方をし、ぼくに「お前が悪い。お前のほうが間違っている」と言いつづけてきました。

このことは、ぼくが誰かに話して聞かせても、一様に半信半疑の顔をします。けれども、これが事実であることは、なによりも、ぼくの妻が知っています。「お嫁さんが、暗い哀しい顔をしている家が栄えたためしはない」。お母さんは、ぼくたちのケンカのあと、きまってそう言いますが、それがまさしく真実であるのを、ぼくは実感出来る年齢になりました。ぼくは、お母さんくらい、生まれたときから不幸で、味わってきた苦労も尋常なものではない人は少ないと思います。その苦労が、賢い、愛情深い姑としての知恵をも育(はぐく)んだのでしょう。

ビクトル・ユーゴーの『レ・ミゼラブル』の最後の章に、主人公であるジャン・ヴァルジャンが死の床で、自分が引き取って育てた孤児・コゼットに語る言葉があります。コゼットが娼婦(しょうふ)の子であることは伏せたまま、初めてコゼットの母の名を明かす場面です。

〈コゼット、今こそお前のお母さんの名前を教えるときがきた。ファンチーヌというのだ。この名前、ファンチーヌを、よく覚えておきなさい。それを口に出すたびに、ひざまずくのだよ。あの人はひどく苦労した。お前をとても愛していた。お前が幸福の中で持っているものを、不幸の中で持っていたのだ〉(佐藤朔訳)

ぼくは、この部分を読むたびに、いつもなにかしら人生の大きな仕組みのようなものを感じて胸をうたれます。

……お前が幸福の中で持っているものを、不幸の中で持っていた……。いま、お母さんは年老いたコゼットでしょうし、男と女の違いはあれ、いまのところ、ぼくもまたコゼットなのだ。そんな気がするのです。

お母さんは生まれてすぐに母親と死に別れ、親戚(しんせき)の夫婦に貰(もら)われ、七歳で奉公に出され、やがて酒乱の夫と結婚し、一児をもうけて離婚し、ぼくの父と再婚しました。そして、二人目の夫にも苦労させられ、夫の死後、ぼくのために早朝から夜半まで働きつづけました。そして、やれやれと一息ついた途端、大病にかかり、手術後はずっと体の調子が悪いのです。そんなお母さんが「ああ、しあわせだ」とつぶやくたびに、ぼくは、『レ・ミゼラブル』のあの数行を思い出すのです。

親父も、ロマンチストの事業家で、詩を書いたり、短い文章をしたためたりするのが好きでしたね。人に騙(だま)され、無一文になって死にましたが、その親父の一粒種が、小説家になりました。じつに人生とはミステリアスなものです。そして、幸福へのミステリーを教えてくれたお母さんが、もっともっと長生きをするよう、朝夕祈っています。

最後に苦言をひとこと。親父が死んで二十年にもなるのですから、もうそろそろ、生前の浮気の件は許してやってはいかがですか。女に時効はない、とはいうものの……。

草々

解説

堀井憲一郎

本書は宮本輝の小説「流転の海」シリーズにまつわる話を集めたアンソロジーである。「流転の海」シリーズは、昭和五十六（一九八一）年から書き始められ、平成三十（二〇一八）年に完結した九巻におよぶ大河小説である。

主人公は宮本輝の父親をモデルにした〝松坂熊吾〟。五十歳にして初めての子が生まれてからの後半生をダイナミックに描いている。事実がもとになっている。

ただ、あくまで小説である。フィクションだ。

「流転の海」で描かれているのは、小説家・宮本輝が創り出した世界である。どれが事実で何がフィクションなのかは定かではないし、今後も明らかにはならないだろう。「宮本輝の父の半生」をもとにした壮大なフィクションがあるまでだ。

しかし著者自身の体験をもとにしているため、これまで「流転の海」世界と同じような、もしくは似通った小説やエッセイがいくつも書かれている。

それはまたもうひとつの「流転の海」世界だと言える。

そのすべてをまとめてアンソロジーを組みたいところだけれど、その量はあまりに膨大である。

当書では、ほんの一部となるが、「流転の海」に描かれたものと同時期の世界を描いた小説とエッセイを収録した。収録作品の時代背景などを簡単に解説しておく。エッセイには＊を添えた。

「**力**」（『五千回の生死』新潮文庫）

小学一年のときから、バスで通学しなければならなくなった風景を描いている。「流転の海」第三部『血脈の火』の第二章に出てくる昭和二十八年四月の風景である。

「**寝台車**」（『幻の光』新潮文庫）

土佐堀川沿いに住んでいた第三部の時期を舞台にした小説。このエピソードじたいは「流転の海」には出てこない。ただ「赤フンドシの男」は出てくる（第四部第三章）。

＊「**吹雪**」（『命の器』講談社文庫）

富山に向かう列車のなかの出来事を描いている。「流転の海」第四部『天の夜曲』の冒頭とほぼ重なる。小説では列車の男は「満州馬賊の下っ端（したっぱ）みたいな男」と形容されている。

＊「**雪とれんげ畑**」（『二十歳の火影（ほかげ）』講談社文庫）

エッセイ集『二十歳の火影』に収録されている。ただ宮本輝の初期エッセイは、短編小説との差があまりない。エッセイも「事実と創作のあいまのもの」と捉（とら）えたほうがいいだろう。第四部から父の最期（さいご）へつながるシーンを切り取った随筆である。

＊「夕刊とたこ焼き」（『二十歳の火影』）

これもエッセイ集に収録されているがかなり短編小説的である。「たこ焼き」のエピソードと「夕刊」のエピソードは第五部『花の回廊』に出てくる。そこでの少年の名前は月村敏夫。強く印象に残る存在である。彼はその後、どうなったのだろう。

＊「正月の、三つの音」（『二十歳の火影』）

第五部〝蘭月ビル〟時代のエピソードである。〝魔窟〟と呼ばれたこの住まいを少年の側から見たエッセイである。お馴染みの従兄の〝明彦くん〟が出てきて彼が若死にしているのが驚きだ。「流転の海」の設定より本物の明彦くんは少し年長だったようだ。

「力道山の弟」（『真夏の犬』文春文庫）

これは「流転の海」世界に近いところを描きながら、別の物語になっている短編小説。父の友人である中国の商人、その日本での妻、その娘、というのは「流転の海」にも登場するが、まったく設定と展開が違っている。似たような何かがあったのだろう。

＊「私の『優駿』と東京優駿」（『命の器』）

「流転の海」でも競馬に行くシーンがある。第三部第八章、小学三年のとき、淀競馬場へ行こうとして、乗ったタクシーの運転手と父が揉めて警察の世話になる。第五部第五章では、小学五年のとき、京都競馬場にて父子で十三万円余の大当たりを取っている。これを私立中学への入学資金に充てたいと父は考えていた。大学生になって父に頼まれて馬券を買いに行った話は小説にはなかったが、実際にあった話なのだろう。

「紫頭巾」（『五千回の生死』）

北朝鮮への帰還運動は「流転の海」でも細かく描かれ、第六部『慈雨の音』第五章、昭和三十四年十二月に専用列車に乗って新潟へ向かう車中の友人に、淀川から鯉のぼりを振るシーンが描かれている。この「紫頭巾」では、大阪駅のプラットホームでクラスメイトを見送っている。語られることの少ない歴史的風景がリアルに描かれている。

「私の愛した犬たち」（『命の器』）

「流転の海」に出てくる何匹かの犬は、実際に飼った犬のことが合わさっているのがわかる随筆。薬局の主人が「ムク」が死んでいることを知らせてくれるシーンは第八部『長流の畔』第六章にそのまま出ている。デンスケは「流転の海」ではムクの恋人の犬で、とても印象に残る犬である。

「『風の王』に魅せられて」（『命の器』）

第七部『満月の道』第七章の終わりに「風の王」を買ったシーンが父の回想で出てくる。富山駅で一緒に「赤毛のアン」も買ってもらったことになっている。また「流転の海」では父がほかの女のもとに走ったのは、仕方のないことのように描かれており、このエッセイに書かれているような激しい憎しみは物語には反映されていない。「流転の海」を読んでからこのエッセイの一文を読むと、胸を突かれる部分がある。

「小旗」（『星々の悲しみ』文春文庫）

これはフィクションである。「流転の海」第九部『野の春』に父の死が描かれているが、似ている部分と似ていない部分がある。父の愛人に火傷の跡があるところ、父の看病に来ていて同室の男とできてしまったこと、それに父が気づいて息子に伝えるところなどはどちらにも共通で、おそらくそのようなことが実際にあったのだろう。

＊「お天道様だけ追うな」（『血の騒ぎを聴け』新潮文庫）

「お天道さまばっかり追いかけるなよ」というセリフを父からかけられるのは第九部第七章。物語ではそのあと、何も秀でたところのない子だったと言われ、大きく傷つくことになる。本当の言葉なのだろう。人生の断面が鋭く描かれている。

「眉墨」（『五千回の生死』）

エッセイのようだが小説である。母の睡眠薬自殺未遂は「流転の海」でも扱われているが、細かい部分が違う。どうやら城崎ではなく、この短編のとおり尼崎の義妹の部屋というのが本当らしい。また息子が高校生のときではなく、ほかのエッセイなどはすべて中二のときの出来事としているから、おそらく事実はそちらのようである。この作品では父が死んだあとの母の姿が描かれ、まさに「流転の海」の後日譚になっている。

＊「母への手紙」（『血の騒ぎを聴け』）

これはエッセイなので、前掲の小説「眉墨」に描かれていた「母が七十歳でガンを患った」ことは本当であり、六年経っても元気であることがわかる。「レ・ミゼラブル」を引用しているところが押し入れ文学少年の面目躍如というところだろう。以上が収録作の解説。

以下は本書に収録できなかった「流転の海」時代を彷彿とさせる小説とエッセイを、それぞれの巻数別（伸仁＝宮本輝の年齢別）に紹介しておく。

■第一部『流転の海』　神戸　誕生から二歳

宮本輝が生まれてから二歳までの時期なので、小説やエッセイで書かれていない。

エッセイ集『血の騒ぎを聴け』において、「『流転の海』第二部について」「自作の周辺『流転の海』『地の星』」で作品を語っているので、第一部や第二部の執筆動機などが読める。全九部が完結したあとに読むと、胸に迫るところがある。

■第二部『地の星』　南宇和　四歳から五歳

「『泥の河』の周辺」（『二十歳の火影』）*

「坊は、長い刀を差してござんすねえ」というのは、『地の星』第六章（昭和二十六年十二月）、城辺の家の近くで〈わうどうの伊佐男〉に伸仁が掛けられた言葉である。このエッセイで、宮本輝本人が本当に彼から掛けられた言葉だったことがわかる。

■第三部『血脈の火』　大阪の中之島　六歳から八歳　小一から小三

「泥の河」（『螢川・泥の河』新潮文庫）

中之島を背景とした宮本輝の小説といえば『泥の河』だろう。川沿いでうどん屋をやっているという設定で、周辺の人や水上生活者を描く。まさに「流転の海」の世界が描かれている。もし未読の人がいるなら是非、読んでもらいたい。

「火」(『星々の悲しみ』)

細かい部分にあまり「流転の海」要素はないのだが、喫茶店でプロレスの力道山を見るというシーンが当時を強く反映している。

「赤ん坊はいつ来るか」(『真夏の犬』)

「流転の海」には書かれていない土佐堀川での物語である。

*__「母と子」__(『二十歳の火影』)

幼稚園をやめさせられた話から、母と松島新地の映画館に通った話になる。母に連れられて悲壮な旅に出たエピソードも語られて印象深い。

*__「曾根崎(そねざき)警察署横の露路」__(『二十歳の火影』)

小学校低学年のころの通学風景を簡単に描いている。

*__「うまく行かなかったら」__(『二十歳の火影』)

「流転の海」第四部の冒頭に、占い師に「うまくいけば、偉大な芸術家になる」と言われたシーンがあるが、どうやらそれは本当にあったことのようである。

*__「地球儀」__(『生きものたちの部屋』新潮文庫)

父の作り話(法螺(ほら)話)の思い出を語る。

*__「腕時計」__(『生きものたちの部屋』)

小学校近くにあった梅田新道の時計屋で「京の呉服屋から預かった年代物のカラクリ人形」の修繕を見守る話。「流転の海」第三部の時代の話だが、この人形は小説にはまったく登場しない。そのぶんとても興味深い話である。

*「**絵具**」(『生きものたちの部屋』)

小学三年生のころ梅田の百貨店で見かけた絵具の話と、女湯の様子を描いた絵の話。

*「**馬を持つ夢**」(『命の器』)

小学校三年、昭和三十三年ごろ父と一緒に行った競馬で二百万円以上取ったという話が書いてある。恐ろしいほどの大金である。たぶん本当の話なのだろう。

*「**街の中の寺**」(『命の器』)

富山へ行く前に母と二人で四天王寺へ行ったときの話が語られている。母は富山に行くのが嫌だったらしいことがわかる。

*「**よっつの春　遠足**」(『血の騒ぎを聴け』)

橋の下に住んでいるという女の子について書いている。「流転の海」第三部第六章で父が学校で見かけた「石を投げられている子」と同じ子ではないかとおもわれる。

*「**23　メリメ『マテオ・ファルコネ』**」(『本をつんだ小舟』文春文庫)

小学三年のとき父に折檻(せっかん)で橋の上から逆さ吊(づ)りにされたと短く記されている。その話は小説でも、他のものでも見かけたことがない。

*「**31　大岡昇平『野火』**」(『本をつんだ小舟』)

大阪駅裏でホルモン屋をやっていた家の「父が戦死した」同級生の話。

*『ひとたびはポプラに臥す』（講談社文庫）5巻　第14章「生きて帰らざる海」（文庫38頁あたり）

拳を握りしめるのが宮本輝の癖で、それを父によく叱られたという話。

富山　九歳　小四

■第四部『天の夜曲』

「螢川」（『螢川・泥の河』）

宮本輝を有名にした初期の代表作である。富山で暮らしていたことをもとに書かれている。物語はフィクションだが富山の風景は経験に基づいているからリアルである。

*「私と富山」（『二十歳の火影』）

チンドン屋の話など、小説には出ていない風景が出ている。

*「能登の虹」（『二十歳の火影』）

小説には書かれていない富山へ向かう列車の中でのちょっとしたエピソード。

*「わが心の雪」（『命の器』）

富山時代の簡単な思い出。先生らの名前が出ている。

*「悲しかった食事」（『血の騒ぎを聴け』）

富山時代の食事の話。第四部第二章で、母が農家の婦人に茄子がなったら売ってくれと頼み、実際売ってもらう様子が描かれ、毎日茄子が続き、仲仁が辟易していると語られるが、その現実の茄子料理の食卓がここでは描かれる。いわばこのエッセイはエピソードのクローズアップということになる。また同時に、第九部の父の死のあとのシーンも書かれている。心に残る随筆である。

■第五部『花の回廊』　尼崎の蘭月ビル　十歳から十一歳　小四から小六

「道に舞う」（『胸の香り』文春文庫）

小学五年、尼崎の叔母の家に預けられたときのことを描いた短編小説である。「流転の海」では描かれていない母娘について語られる。強く胸に迫る名品である。

「幻の光」（『幻の光』）

能登に住む女性の述懐という形を取った少し長めの短編小説。蘭月ビルとおもえるアパートで育った女性が語っている。設定に「流転の海」世界の気配があるが、ストーリーはあまり宮本輝（松坂伸仁）一家に沿った話にはなっていない。

*****「大晦日の書斎」**（『生きものたちの部屋』）

エッセイではあるが、姑が行方不明になりアルコールに依存しはじめるころの母の様子と、七十九歳での母の死の様子が描かれている。まさに「流転の海」の後日譚の一篇。

*『ひとたびはポプラに臥す』　2巻　第6章「星星峡への憧れ」（文庫96頁あたり）

尼崎の叔母の家に住んでいた時代、自身がチョコレートを盗んだ、というエピソードが語られている。ほかでは見かけない話である。「流転の海」にチョコレートがさまざまな形で出てくるのは、このことがあったからではないかとおもってしまう部分。

■第六部『慈雨の音』　大阪の福島　十二歳から十三歳　中一から中二

「青春の始まりの日」[*]（『二十歳の火影』）
井上靖の小説を借りたいきさつについて、この随筆がいちばん詳しい。それはそのまま母の自殺未遂から、激しい読書を始めるきっかけまでも描いている。

「十冊の文庫本」[*]（『命の器』）
「流転の海」では文庫本十冊を買うのは、第八部の高校時代であるが、ここでは中学時代になっている。おそらくエッセイが事実なのだろう。作家宮本輝の出発点。

「3　フロベール『トロワ・コント』」[*]（『本をつんだ小舟』）
中二のときに読んだこととともに当時の様子に少し触れている。

「12　井上靖『あすなろ物語』」[*]（『本をつんだ小舟』）
井上靖の本を借りた話を小説寄りに書いたエッセイ。

「16　泉鏡花『高野聖（ひじり）』」[*]（『本をつんだ小舟』）
中学二年のときの級友たちとの中学生らしい馬鹿（ばか）なやりとりが描かれており、あまり他にない味わいのエッセイである。

「18　中野重治『雨の降る品川駅』」[*]（『本をつんだ小舟』）
北朝鮮へ渡っていく仲のいい友人を見送るリアルなエピソードが語られている。

「20　永井龍男『蜜柑（みかん）』」[*]（『本をつんだ小舟』）

中学生のとき大阪の難波から父とタクシーに乗るといきなり「金沢へ行ってくれ」ととんでもないことを言い出し、途中で引き返してきたというエピソードが書かれている。「流転の海」には出ていない話だ。興味深い風景である。

「**＊27　樋口一葉『にごりえ』**」（『本をつんだ小舟』）

露店で買った十冊の文庫本のひとつであり、そのことに関して母とのやりとりを描いている。文学作品については父と話しているシーンが多いのだが、これは珍しく母とのやりとりを描いており、短いながらも心に残る。

■第七部『満月の道』　大阪の福島（鷺洲で商売）十四歳から十六歳　中三から高二

「**しぐれ屋の歴史**」（『胸の香り』）

「流転の海」に描かれていなかった父と母の共通の知り合いが描かれている。「流転の海」世界の別物語として、是非読んでもらいたい一篇である。

「**＊土曜日の迷路**」（『二十歳の火影』）

高校時代の友人のことを語り、このような生活もあったのだと知ると、とてもほっとしてしまう。そういう一篇。

「**＊2　上林暁『野』**」（『本をつんだ小舟』）

「流転の海」第九部の第一章に、近くの書店でこの「野」をくれた書店主が登場してくる。それは本当のことであったとわかるエッセイ。

「*5 山本周五郎『青べか物語』」(『本をつんだ小舟』)

父と取っ組み合って父をねじ伏せたときのエピソードが語られている。

「*7『寺山修司歌集』」(『本をつんだ小舟』)

高校のときに知り合った朝鮮人に渡された書物に、寺山修司の短歌がはさまっていたという話。「流転の海」に描かれてもよさそうなエピソードだけれど、扱われていない。

「*8 宇野千代『おはん』」(『本をつんだ小舟』)

母のことを描いたエッセイのなかではもっとも忘れられない一篇である。「お父ちゃんとのセックスを好きやったか」と聞く息子もすごいが、それに楽しかったと答えている母もすごい。この一篇だけはみんなに是非読んで欲しい。

「*13 ドストエフスキー『貧しき人々』」(『本をつんだ小舟』)

中学時代の市電での淡い恋心を描き、他の小説やエッセイではまったく触れられていない風景が現れる。ちょっとほかにない味わいのエッセイである。

「*14 柳田國男『山の人生』」(『本をつんだ小舟』)

「流転の海」には城崎という土地が重要な場所として登場するが、他の作品ではあまり語っていない。唯一(ゆいいつ)、ここだけに登場しているようにおもわれる。詳細はわからないが、父と関わりのある人物がいたらしい。そのことにおもいを馳(は)せられる逃しがたい一篇。

■第八部『長流の畔』 大阪の福島(千鳥橋で商売) 十六歳から十七歳 高二から高三

「真夏の犬」(『真夏の犬』)

「流転の海」で中古車センターを開こうとした場所は、野良犬が集まっている危険な場所であった。その場所を舞台にした名短編。夏の風景が強く刻まれる。

「階段」(『真夏の犬』)

貧しいアパートにいろんな人が住んでいるという部分と、母がアルコールに溺れて酔っ払って市電を停めてしまうという描写が、「流転の海」につながっている。哀愁ただよう一篇。

「こうもり」(『幻の光』)

高校時代に友人と大正区まで出かけていったというだけの短編。でもずいぶんと心に残る。手製のドスと、のちにヤクザになってしまった友人というところに「流転の海」の要素が感じられる。正確には別の世界を描いた一篇である。

「過ぎし日の三日酔い」*(『二十歳の火影』)

福島区のモータープールと自動車修理工場の工員が登場してくる、「流転の海」そのものの世界。工員と屋根で飲んで、近くの少女に声をかけるという小説では描かれていない風景が登場する。「流転の海」世界がより身近に感じられる一篇。

「4　ボードレール『悪の華』」*(『本をつんだ小舟』)

父が熱くボードレールについて語っており、これは「流転の海」でも採用されてよさそうな風景のようにおもう。たまたま省かれた父の姿を描いた好一篇である。これもまた何としても一読いただきたいエッセイだ。

「*6 ファーブル『昆虫記』」(『本をつんだ小舟』)
父が板金塗装の工場経営を始めたこと、白い鳩の雛を騙されて飼わされたこと、飼っていた犬のことなど、まさに「流転の海」世界そのものを描いたエッセイ。高校時代の宮本輝の姿がくっきり浮かんで来る一篇。
「*10 チェーホフ『恋について』」(『本をつんだ小舟』)
高校二年のとき友人と伊豆を旅行した話を書いている。小説では書かれていない「近所の若い夫婦の事件」も書かれて、その部分でも興味が尽きない。
「*22『山頭火句集』」(『本をつんだ小舟』)
父が山頭火の句を教えてくれた風景と、晩年の父の姿を描き、迫ってくるものがある。
「*26 三好達治『測量船』」(『本をつんだ小舟』)
母について書かれ、「流転の海」に描かれる母の造形を見せられているよう。
「*32 島崎藤村『夜明け前』」(『本をつんだ小舟』)
『夜明け前』に関しての父の一言が書かれているだけであるが、胸に残る。

■第八部と九部のあいだ　十七歳から十九歳　高三から浪人の期間

「星々の悲しみ」(『星々の悲しみ』)
浪人時代の著者が登場する短編小説。複層的にいろんなものが描かれている。
「*途中下車」(『二十歳の火影』)

受験のときの浮き足だった若者らしい行動を描いたエッセイ。

■第九部『野の春』　大阪兎我野町（とがのちょう）　十九歳から二十一歳　大学一年から三年

*「二十歳の火影」（『二十歳の火影』）

「流転の海」第九部で書かれる「父の愛人の部屋を訪れた風景」は実際にあったことがわかるエッセイ。そこに触れられている部分は少しだけだが印象深い一篇。

*『ひとたびはポプラに臥す』6巻　第18章「インダスという名の銀河」（文庫165頁あたり）

父の最後の病院にたどりついたとき、宮本輝本人がどうおもったのかが書かれている。そのときの激しい感情については、ここにしか書かれていないようにおもう。必読。

■第九部以降　二十二歳以降　大学四年以降

「トマトの話」（『五千回の生死』）

父が死んでアルバイトを始めたところが「流転の海」の後日譚のようである。父や母とは関係ない短編小説で、でも強く心に残る風景を描く名編である。

「五千回の生死」（『五千回の生死』）

父が死んだあとの遺品から始まる短い小説。さほど「流転の海」世界とかかわりはないのだが、短編としてとてもおもしろい。

「胸の香り」（『胸の香り』）

小説であるが「流転の海」の後日譚が描かれる。どこまで事実を反映しているのか知りたくなる短編。フィクションだとはおもうが、何か事実を反映していそうである。

*「五十肩」（『二十歳の火影』）

父が死んだ直後の母のがんばりを描いている。エッセイなのでこれが事実だとすると「流転の海」は少し事実とは前後して描かれているのだということがわかる。

*「スパルタカスのテーマ」（『二十歳の火影』）

第九部に登場した「材木商の次男」の家で父の死んだあとに過ごしている風景が描かれる。「流転の海」のその後が少し垣間見えるエッセイである。小説のようである。

以上「流転の海」世界と少し関わりがあるなと感じた小説とエッセイである。

書籍で選ぶなら、まず第一エッセイ集『二十歳の火影』。著作の周辺のことを詳しく書き、ほぼ小説ではないかという出来のものも多い。

最大のお勧めは『本をつんだ小舟』。三十二冊の名作文学を紹介する本なので一見関係なさそうであるが、実は、この本がもっとも「流転の海」世界を補完している本である。中高時代を中心に実に細やかに自らとその周辺の風景を描いている。「流転の海」を読まれた方なら是非とも『本をつんだ小舟』を手に入れて、何とかご一読いただきたい。そう強くおもう。

（令和三年九月、調査するエッセイスト）

典拠一覧

力	『五千回の生死』	新潮文庫
寝台車	『幻の光』	新潮文庫
吹雪	『命の器』	講談社文庫
雪とれんげ畑	『二十歳の火影』	講談社文庫
夕刊とたこ焼き	『二十歳の火影』	講談社文庫
正月の、三つの音	『二十歳の火影』	講談社文庫
力道山の弟	『真夏の犬』	文春文庫
私の「優駿」と東京優駿	『命の器』	講談社文庫
紫頭巾	『五千回の生死』	新潮文庫
私の愛した犬たち	『命の器』	講談社文庫
「風の王」に魅せられて	『命の器』	講談社文庫
小旗	『星々の悲しみ』	文春文庫
お天道様だけ追うな	『血の騒ぎを聴け』	新潮文庫
眉墨	『五千回の生死』	新潮文庫
母への手紙——年老いたコゼット	『血の騒ぎを聴け』	新潮文庫

宮本輝著
流転の海
第一部

理不尽で我儘で好色な男の周辺に生起する幾多の波瀾。父と子の関係を軸に戦後生活の有為転変を力強く描く、著者畢生の大作。

宮本輝著
地の星
流転の海第二部

人間の縁の不思議、父祖の地のもたらす血の騒ぎ……。事業の志半ばで、郷里・南宇和に引きこもった松坂熊吾の雌伏の三年を描く。

宮本輝著
血脈の火
流転の海第三部

老母の失踪、洞爺丸台風の一撃……大阪へ戻った松坂熊吾一家を、復興期の日本の荒波が翻弄する。壮大な人間ドラマ第三部。

宮本輝著
天の夜曲
流転の海第四部

富山に妻子を置き、大阪で事業を始める松坂熊吾。苦闘する一家のドラマを高度経済成長期の日本を背景に描く、ライフワーク第四部。

宮本輝著
花の回廊
流転の海第五部

昭和三十二年、十歳の伸仁は、尼崎の叔母の元で暮らしはじめる。一方、熊吾は駐車場運営にすべてを賭ける。著者渾身の雄編第五部。

宮本輝著
慈雨の音
流転の海第六部

昭和34年、伸仁は中学生になった。ヨネの散骨、香根の死……いくつもの別れが熊吾達に飛来する。生の祈りに満ちた感動の第六部。

宮本輝著
草原の椅子（上・下）
虐待されて萎縮した幼児を預かった五十男二人は、人生の再構築とその子の魂の再生を期して壮大な旅に出た――。心震える傑作長編。

宮本輝著
三十光年の星たち（上・下）
女にも逃げられた無職の若者に手をさしのべたのは、金貸しの老人だった。若者の再生を通して人生の意味を感動とともに描く巨編。

宮本輝著
血の騒ぎを聴け
紀行、作家論、そして自らの作品の創作秘話まで、デビュー当時から二十年間書き継がれた、宮本文学を俯瞰する傑作エッセー集。

宮本輝著
ドナウの旅人（上・下）
母と若い愛人、娘とドイツ人の恋人――ドナウの流れに沿って東へ下る二組の旅人たちを通し、愛と人生の意味を問う感動のロマン。

宮本輝著
夢見通りの人々
ひと癖もふた癖もある夢見通りの住人たちが、ふと垣間見せる愛と孤独の表情を描いて忘れがたい印象を残すオムニバス長編小説。

ドストエフスキー
原卓也訳
カラマーゾフの兄弟（上・中・下）
カラマーゾフの三人兄弟を中心に、十九世紀のロシア社会に生きる人間の愛憎うずまく地獄絵を描き、人間と神の問題を追究した大作。

P・バック
新居格訳
中野好夫補訳
大地（一〜四）
十九世紀から二十世紀にかけて、古い中国が新しい国家へ生れ変ろうとする激動の時代に、大地に生きた王家三代にわたる人々の年代記。

デュ・モーリア
茅野美ど里訳
レベッカ（上・下）
貴族の若妻を苛む事故死した先妻レベッカの影。だがその本当の死因を知らされて――。ゴシックロマンの金字塔、待望の新訳。

ヘミングウェイ
高見浩訳
誰がために鐘は鳴る（上・下）
スペイン内戦に身を投じた米国人ジョーダンは、ゲリラ隊の娘、マリアと運命的な恋に落ちる。戦火の中の愛と生死を描く不朽の名作。

メルヴィル
田中西二郎訳
白鯨（上・下）
片足をもぎとられた白鯨モービィ・ディックへの復讐の念に燃えるエイハブ船長。激浪荒れ狂う七つの海にくりひろげられる闘争絵巻。

モンゴメリ
村岡花子訳
赤毛のアン
―赤毛のアン・シリーズ1―
大きな眼にソバカスだらけの顔、おしゃべりが大好きな赤毛のアンが、夢のように美しいグリン・ゲイブルスで過した少女時代の物語。

ボードレール
三好達治訳
巴里の憂鬱
パリの群衆の中での孤独と苦悩を謳い上げた50編から成る散文詩集。名詩集「悪の華」と並んで、晩年のボードレールの重要な作品。

ユゴー
佐藤朔訳
レ・ミゼラブル（一〜五）
飢えに泣く子供のために一片のパンを盗んだことから始まったジャン・ヴァルジャンの波乱の人生……。人類愛を謳いあげた大長編。

J.アーヴィング
中野圭二訳
ホテル・ニューハンプシャー（上・下）
家族で経営するホテルという夢に憑かれた男と五人の家族をめぐる、美しくも悲しい愛のおとぎ話——現代アメリカ文学の金字塔。

ヴェルヌ
村松潔訳
海底二万里（上・下）
超絶の最新鋭潜水艦ノーチラス号を駆るネモ船長の目的とは？ 海洋冒険ロマンの傑作を完全新訳、刊行当時のイラストもすべて収録。

ゲーテ
高橋義孝訳
ファウスト（一・二）
悪魔メフィストーフェレスと魂を賭けた契約をして、充たされた人生を体験しつくそうとするファウスト——文豪が生涯をかけた大作。

ゾラ
古賀照一訳
居酒屋
若く清純な洗濯女ジェルヴェーズは、職人と結婚し、慎ましく幸せに暮していたが……。十九世紀パリの下層階級の悲惨な生態を描く。

C・ブロンテ
大久保康雄訳
ジェーン・エア（上・下）
貧民学校で教育を受けた女家庭教師と、狂女を妻にもつ主人との波瀾に富んだ恋愛を描き、社会的常識に痛烈な憤りをぶつける長編小説。

もうひとつの「流転の海」

新潮文庫　み‐12‐59

令和三年十一月一日発行
令和四年十一月二十五日三刷

著者　宮本輝
編者　堀井憲一郎
発行者　佐藤隆信
発行所　株式会社新潮社
郵便番号一六二‐八七一一
東京都新宿区矢来町七一
電話　編集部(〇三)三二六六‐五四四〇
読者係(〇三)三二六六‐五一一一
https://www.shinchosha.co.jp

価格はカバーに表示してあります。

乱丁・落丁本は、ご面倒ですが小社読者係宛ご送付ください。送料小社負担にてお取替えいたします。

印刷・錦明印刷株式会社　製本・錦明印刷株式会社

ISBN978-4-10-130759-6 C0193